KB188119

이두호 장편 시대극화

객주

객주 4

글 · 그림 이두호

원작 김주영

얼마 전에 출판사로부터 《객주》를 다시 개정해서 출간한다는 얘기를
들었을 때 기쁨 반 우려 반이었습니다. 부끄러운 작품이지만 다시 독
자들을 만날 것을 생각하니 설레는 한편, 출판사에 부담만 끼치는 건
아닐까 하는 걱정도 들었습니다.

　여러분도 아시다시피 《객주》는 이미 연재와 단행본으로 선보였던
작품입니다. 《객주》를 그릴 땐 마감 시간에 쫓기면서도 나름대로 최선
을 다했다고 생각했는데 지금 다시 펼쳐 보니 왠지 부끄러운 마음이
앞섭니다.

　처음 김주영의 소설 《객주》를 손에 쥐었을 때, 책장을 넘기면 넘길
수록 뜻을 알 수 없는 말들 때문에 엄청난 충격을 받았습니다. 꼬부랑
글도, 외계인 말도 아닌 순수한 우리 글, 우리 말인데도 불구하고 내겐
낯설기만 했습니다.

　바지저고리로 대표되는 민초의 모습을 그리고자 했던 그 즈음, '이
소설을 만화로 그리면 어떨까?' 하는 생각이 스치더군요. 내가 미처

알지 못했던 무수히 많은 우리 말을 내 것으로 만들 수 있지 않을까 하는 욕심과 함께 말입니다.

물론 천봉삼을 비롯한 다양한 등장인물들이 보여주는 개성과 탄탄한 스토리에 흠뻑 빠져든 탓도 있었을 겁니다.

그렇게 태어난 것이 바로 만화《객주》입니다. 모든 작품이 그렇겠지만 쉽지 않은 작업이었고 그만큼 작가로서의 숱한 고민의 흔적이 남아 있는 작품입니다.

원작에 담긴 뜻을 제대로 표현해내기 위해 노력했고, 만화적인 재미 또한 놓치지 않으려 애썼습니다.

그런 만큼 독자 여러분들도 만화《객주》가 가지고 있는 재미에 빠져드시길 바랍니다. 그리고 그동안 잊고 지냈던 우리 말과 우리 글의 매력도 한껏 느껴보았으면 좋겠습니다.

2015년 3월
이두호

일러두기

- 원작에 등장하는 인물 중, 월이는 매월이와의 혼동을 피하기 위해 잔금이로 바꾸었습니다.
- 원작에서는 죽게 되는 선돌이는 살렸으며, 못된 짓만 골라하는 길소개는 원작과는 다르게
  죽였다는 것을 귀띔해 드립니다.

객주 4

등장인물

신석주

천봉삼

조소사

맹구범

매월이

잔금이

길소개

최돌이

선돌이

유필호

천소례

조성준

민영익

석가

김보현

민겸호

삑쇠

송만치

이용익

운천댁

쇳닢을 내거나 하다못해
닭다리라도 바치는 것들만
들여보내라구.

다음!

여보.

형님.

아버지.

이것아, 뭣하러
또 왔냐?

장국에 조밥 말아왔으니 식기 전에 드세요.

내가 어서 죽어야지.

아버지!

나 때문에 네가 고생이구나.

제발 그런 말씀 마세요.

애야!

수수떡이다. 침 발라 천천히 먹어라.

이제 그만 오소.

이방 나리가 은밀히 귀띔해주시더라.

……

윗골 그 논만 바치면 네가 풀려날 수 있다고.

말 같잖은 소리 하지도 마소!

토옥 귀신이 된들
그 논을 줄 듯 싶소.
내가 어떻게
만든 논인데.

목소리를
낮추어라.

죄수들이나 수발하는 식솔들이나
찌든 모습은 매일반인데

쪽 빠진 듯이 혈혈 단신인 매월에겐
그나마 부러운 광경이 아닐 수 없다.

……

아주머니!

아주머니!

이거라도 잡수시고
기운 차리시우.

고, 고맙소.
총각!

뒷배를 봐줄 일가붙이도
없는 죄수들에겐 관식을
넣어주기로 되어 있지만
그런 법이야 있으나마나지요.

야, 이제 그만들
하고 어서 나가.

맹구범!

너 이놈, 두고 보자.
내가 죽지 않고
살아서 나가기만 하면
네 놈을 가만
안 놔둘 것이다.

그러나 매월은 닷새가 지나도 풀려나지 못했다.
풀려나는 것은 고사하고 문초를 한답시고 심심파적으로
끌어내어 볼기를 치는 데는 차라리 죽었으면 싶었다.

안 돼!
죽을 수는 없어.
무슨 수를 쓰든
살아서 나가야 한다.

15

마침내

이레째 되던 날부터

매월의 거동이 심상찮아지기 시작했다.

아버님,
어머님
어디 갔수?

……!

저… 저게
실성했어!

아무래도
이상하옵니다.

그 계집이
간교를
부리는 게야!

그러나 증세는 점점 심해졌다.

이것아,
이것아!

내 서방
내놔라,
내 서방.

완전히
미쳤어.

17

엄마
엄마

이, 이것이!

뻑

밥줘

까딱하면
미친년 시체 치우게
되겠습니다요.

그렇게
심한가?

사… 사또 나리!
사또 나리!
큰일났사옵니다.

18

뭐야?
이 추운 날에.

그러니까 제정신이
아닙지요.

저런 미친 것이
있나.

저…
저런!

이 계집이!

무엇들 하고 있느냐.
저것을 당장
내쫓지 않고!

에에잉, 재수가 없을라니.

별 해괴 망측한 미친 꼴 다 보겠구나.

이방 어른, 계집이 혼절했는뎁쇼.

혼절이든 죽었든 입던 옷이나 꿰서 끌고 나와.

됐다. 그만 가자.

저대로 두면 필시 강시가 될 게야.

저 꼴로 사느니 차라리 죽는 게 낫지.

그 아주머니, 무사히 내뺐을까요?

쉬이!

매월이 모진 목숨을 부지해서 전주로 되돌아온 것은 열이레 만이었다.
전에 묵었던 숫막으로 찾아갔다. 객지 인심이긴 하였지만
전사에 주객이었던 안면이 중하여 주모와 술아비가 반갑게 맞이하였다.

이게 대체
어찌 된 사단이유?

화적을
만났수?

어서 안방으로
모셔.
나는 의원을
불러올 테니.

의원을 부른다,
약을 달인다,
사람 좋은 숫막집 내외가
정성을 다해
구완해준 덕분에
사나흘 만에 신기를
되찾은 매월은
변승업의 지물객주로
찾아갔다.

맹 행수가 강경으로
떠난 지가 언젠데
무슨 일로 찾느냐?

임치한 다리를
찾으러 왔습니다.

다리?

자네가 언제
내 집에 다리를
임치했던가?

서사를 한번
불러보시면 아시게
될 것입니다요.

서사?

22

서사라면 내 집 서사 말인가? 맹 행수 수하의 서사 말인가?

…….

쇤네가 잘못 찾아왔습니다.

다리 백 꼭지를 공으로 날렸군.

매월은 발길을 돌렸다. 사악한 맹구범이 허술하게 잡도리했을 리가 없으니 아등바등해봐야 일은 이미 끝난 것이다.

초열지옥이라도 네 놈이 간 곳이면 찾아 가리라.

숫막으로 돌아온 매월은 삼단 같은 머리채를 잡고 모질게 어금니를 깨물었다.

…….

아주머니, 저 좀 보실래요.

이제 들어 오셨구랴.

에구머니?!

백여 꼭지의 다리를
맹구범에게 채인 매월은
삼단 같은 자신의 머리를 잘라버렸다.

사람 좋은 주모가 그런 매월을 보고 아연실색이다.

이, 이게
무슨 짓이오?

그 동안 밀린 식채며
약값이며…
구완해주신 은공이
어찌 이것으로
탕감되겠습니까만,

……

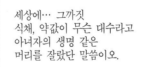

세상에… 그까짓
식채, 약값이 무슨 대수라고
아녀자의 생명 같은
머리를 잘랐단 말씀이오.

제 신세가
낙동강 오리알로
주변차릴 처지가 못 되어
머리챌 자른 것입니다.

내 근본이 천하고
막돼먹은 계집이라
식채, 약값 떼먹고
야반도주하기는
여반장이겠으나
차마 아주머니 내외분껜
사기를 칠 수가 없기
때문입니다.

한편 강경에 당도한
봉삼과 선돌은
쇠살쭈들이
많이 드나든다는
숫막을 찾아
하처를 잡았다.

어서 옵쇼!

쇠전 머리에서 잔뼈가
굵은 장사치라면
송파 저자의 쇠살쭈였던
조성준의 이름 정도는
알고 있을 위인이
있을 것 같아서였다.

며칠 묵새길 만한
봉노가 있겠나?

이리 오십쇼.

선객이 계시는 것
같은데?

들어오시오!

피장파장 장돌림 처지에 합숙한들 어떻겠소?

고맙습니다.

먼저 든 손님은 셋이었다. 봉삼은 술상을 봐오게 해서 인사를 건넸다.

천봉삼이라 합니다.

선돌입니다.

장판수라 하오.

우린 쇠전꾼들이지요.

그럼 혹시 조성준이란 분을 아시는지요?

조성준?

27

봉삼이 묻는 말에 쇠전꾼들의 표정이 떫어졌다.

사발통문을 보셨소?

도부꾼이면 으레 듣는 소문 아닙니까!

노형들이 그 사람을 발고하든지 멍석말이라도 하고 싶은 모양이나…,

그 사람은 이미 죽었소!

예에엥?

죽다니요?

송파 태생 쇠살쭈 조성준이란 분이 틀림없소?

왜? 장문으로 다스리지 못해 섭섭하시오?

장문이라니요… 시생이 뫼셨던 행수 어른이십니다.

!

그렇다면 한 발 늦었구려. 우리가 범절 차려 번듯이 초종을 치러 드리진 못했으나 척살된 사람이 조성준임에는 틀림없었소!

척살?

그게 언젭니까?

달포쯤 되었소. 작당한 놈들이 아예 어육을 만들기로 작정했는지 시신이 짓이겨져… 사실 자문이 없었더라면 그게 조 행수였는지도 모를 뻔하였소.

대체 어느 놈들 짓입니까?

그야 뻔하지 않겠소.

김학준의 첩실이 통문을 발통했다는 소문이니 그년 수하 것들 짓이 아니겠소!

초면에 너무 지다위 하는 것 같습니다만 행수 어른 묻힌 자리나마 알고 싶습니다.

날이 밝는 대로 같이 가보십시다.

※지다위 : 남에게 등을 대고 의지하거나 떼를 쓰는 짓.

29

……．

……．

봉삼이!

그만
일어나시게．

나도 조 행수와는 몇 번 거래를 해봐서 그 사람 인품을 알지만

아무리 원혐이 깊었다고 해도 항간의 소문처럼 김학준을 죽일 사람이 아니오.

한기도 달랠 겸 어디 가서 해장술이나 나눕시다.

아닙니다. 술은 이따가 숫막에서 하십시다.

중화 참 전에 쇠전을 한 바퀴 돌아보아야 합니다.

이곳엔 얼마나 머물 요량입니까?

아마 한 파수는 묵새기게 될 것 같습니다.

주모!

주모!

그만 하지. 그러다가 해장술에 취하겠네.

취해야지. 취하지 않고 어떻게 배겨?

귀먹었나?

여기 술 한 병 더 달라니까

없다!

재수없게 식전부터
지랄이야, 지랄이!

뭐야?

얻어처먹는
주제면
눈치라도
좀 있어라.

이 병신아!

......!

주모!

아이고, 예.
손님!

그러지 말고 국밥에
막걸리 한 사발
내주시오.

33

셈은 우리가
해드리겠수.

예.

…….

그 계집을
어떡하지?

어떡하긴
뭘 어떡해.

우리 손으로
보쌈을 해서 강물에다
처넣어버려야지.

말씀은 시원스럽네만
우리 두 사람으로는
감당키 어려운
계집일 것 같네.

하기야 늙은 서방 독살한 뒤
그 재산을 고스란히 건사하고
통문까지 돌려 조 행수를
척살한 것으로 보면
보통 계집이 아닐세.

34

그 사람들 손을 좀
빌리면 어떨까?

쇠전꾼들?

행수 어른 죽음에
은근히 분노를
느끼는 눈치도
있고….

나도 그 생각을
하고 있었네.

나으리!

자알
먹었습니다요.

대궁밥 얻어먹으려면
눈치가 좀 있어요.

아침 나절엔
얼쩡대지도
말아요.

절
뚝

절
뚝

좋습니다.

그 계집을
징치하기로 하십시다.

고맙습니다,
동무님들.

의리 하나로 조선팔도를 누비는
우리가 아닙니까? 조 행수의 모살을
그대로 덮어둔다면 만약 우리가
그 지경을 당했을 땐
누가 원혐을 풀어주겠소.

허나 이 일은
의기투합만으로는
될 일이
아닌 듯 싶소!

월장을 해서 계집을 동여내자면 우선 그 집안에 대해서 소상히 알아야 되지 않겠소?

우리는 김학준의 첩실에 대해선 전연 까막눈인데다,

그 계집이 그 집구석의 어디에 거처하고 있는지도 모르지 않소.

그 집구석이면 내가 손바닥 보듯 훤히 알지요.

쇠전꾼들한테 조성준이 김학준의 첩실 손에
무참히 척살되었다는 소식을 들은 봉삼과 선돌은
그 쇠전꾼들과 의기투합하여 김학준의 첩실을 보쌈할 것을 의논하는데
느닷없이 주막에서 만났던 거지가 뛰어들었다.

나는… 오득개라는 칼잡이로…,

김학준 집안의 명토박힌 종놈이었소.

그런데?

두 달 전쯤…,

김학준이 죽고 난 다음에…,

…….

김학준의 첩실이 날 불러 은밀히 명을 내렸소. …연놈을 쥐도새도 모르게 죽이라는….

연놈이라니?

조성준의 수하에 있던 길… 뭐라고
하는 놈과… 그놈과 눈이 맞아
함께 야반도주한 계집였습죠.

그 계집은 첩실의
손아래 동서로 과부였굽쇼.

첩실이 나와 내 여편네의
종문서를 내보이면서 이렇게 말했소.
연놈을 실수 없이 없애주기만 하면
종문서를 불태우고 연놈이 빼내간 패물의
절반을 주겠다고….

나는 연놈의 뒤를
밟았습죠. 그러나
그 길가란 놈은 나보다
한 수 위였습죠.

연놈을 베기는커녕
내가 되려 당하고
말았습죠.

이놈! 이나마
네 멱을 따지 않고
살려두는 것은…
그 계집한테
내 말을 똑똑히
전하라는
뜻에서다.

이쯤에서 피장파장
서로치기로
잊어버린다면
나 또한
잊을 것이나,

두 번 다시
이 따위 패를 썼다간
그땐 아예 명을
끊어줄 것이라고.

연놈을 베지 못한 나는
돌아갈 수가 없었습죠.
첩실이 나를 살려 두지
않을 것이니.

…….

그럼, 멀리
도망이라도 갈 것이지
이곳에서 맴돈단
말씀이오?

내 여편네와 자식놈이
아직도 그 집구석에
잡혀 있습니다.

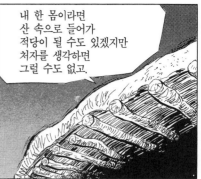

내 한 몸이라면
산 속으로 들어가
적당이 될 수도 있겠지만
처자를 생각하면
그럴 수도 없고.

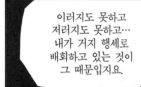

이러지도 못하고
저러지도 못하고…
내가 거지 행세로
배회하고 있는 것이
그 때문입지요.

댁들이 그 계집을 보쌈해내도록
내가 주선하는 대신
나는 내 처자를
빼내고 싶소.

…….

어떤가?

!

노형들 생각은
어떠신지요?

생각이고 뭐고
어뎄소!
누이 좋고
매부 좋은 일인데.

쇠뿔도
단김에 빼라고
당장 결행합시다.

계집을 보쌈해내는 것도
중요하지만 누구 한 분은
이 길로 곧장 가서 배를 한 척
구처해두어야 할 겁니다.

우리가 무사히
강경 땅을 벗어나자면
강을 건너야 할 것이니…

그 일은
자네가
맡게나.

그러지!

행장을 단단히
수습한 일행은
초저녁 잠이 든
숫막집 주인을 깨워
계산을 끝낸 다음
신들매를
단단히 조이고
숫막을 나섰다.

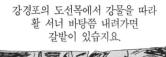

강경포의 도선목에서 강물을 따라
활 서너 바탕쯤 내려가면
갈밭이 있습지요.

일이 쉽게 풀리면
늦어도 인시 말쯤엔 우리가
계집을 동여 갈 겁니다.

알겠소. 배를
구하는 대로
기다리고 있겠소.

오득개는 칼잡이답게 몸이 날렵했다.
훌쩍 몸을 날려 담을 넘더니,

소리 없이 빗장을 땄다.

첩실은 저기 일각문 안쪽
내실에 있습니다.

한 분은 여기서
망을 보십시오.

김학준의 첩실 천소례는
마악 잠자리에 들고 있었다.

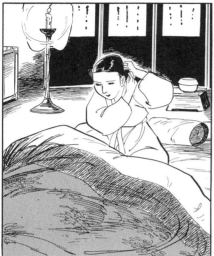

편히 주무세요,
마님.

오냐.
그만 내려가봐라.
문단속 잘 하고.

마님, 벌써
주무시려굽쇼.

46

웨,
웬놈들이!

읍

목구멍에 바람구멍이
나기 전에 조용히 해라.

오득개!

내 여편네와
자식놈은
어디 가둬 뒀느냐?

봉삼이,
속히 배를 띄우게.

봉삼이?

이갈잡이를 당한 채
보쌈이 된 천소례는
한순간 정신이
번쩍 들었다.

봉삼이라니?

천소례는 실로
열다섯여 해 만에
들어보는 이름이었다.

내 동생… 내 동생
봉삼이란 말인가?

천소례는 미친 듯이 발버둥을 쳤다.

네가 아무리
발버둥쳐본들

염라태수
첩실이라도
살아날 길이
없지.

49

수고 하셨소!

수고라닙쇼. 노형들 덕분에 제 식술을 구했는데.

앞으로 어떡하실 작정이시오?

설마 하니 어디 간들 굶어 죽기야 하겠습니까?

받아두시오. 논 두어 마지기 살 돈은 될 게요.

아하! 우리한텐 이러지 마시오.

우리가 언제 돈을 바라고 나선 일입니까?

그게 아니라 생각지도 않게 굴러 떨어진 이문을 봤었답니다.

…….

봉삼이.

알았네.
이쯤이 좋겠군.

······!

자루 속의 궐녀가 그의 누이
천소례라는 것을 알 리 없는 봉삼은…

하나!

둘!

허잇

푹
덩
덩

송파(松坡)는
용산이나 서강과는 달리
육로(陸路)의 물자들이
합쳐져서 큰 장시를
이루는 곳이었다.
광주 땅이라
평시서(平市署)의
관할 밖인 데다
도성과의 거리가
겨우 삼십 리였기 때문이다.

삼월 중순이라고는 하나 날씨는 여전히 추웠다. 강을 건너온 바람은
거칠 것이 없는 압구정과 송파나루를 지나 매섭게 불어왔다.
해가 뉘엿뉘엿 기울고 있었으니 장은 벌써 파장인데….

송파장 웃머리 한길 바닥에는 함지박이나 모판을 내다놓고 밀전병이나
백설기에 수수떡을 팔고 있는 떡장수들과 들병이들이 줄기차게 손님을 부르고 있었다.

따끈히 데운
막걸립니다요.

나으리, 이리
앉으십시오.

불이라도 좀
쬐구 가시구랴.

들병이들 중에는 삼패(三牌) 퇴물 같은 계집들고 있었지만
제법 얼굴이 해반주그레한 축들도 없지 않아서 파장머리이긴 했어도
잔술은 그런대로 심심찮게 팔리었다.

거… 술맛이 입에
짝짝 달라붙누만…
한 잔 더 주시오.

……

……

……

……

……

크어어…
이제야 눈깔이
똑바루 박히네.

아낙은 술 빚는
솜씨도 좋수.

……

하기사 보기 좋은 떡이
먹기도 좋은
법이지만…

……

……

이런 입잔을 팔아서야
입에 풀칠이나
할 수 있소?

……

……

……

여기 있소.

자알 먹었소.

……

나으리.

히죽욱

잠시 저 좀
보실까요?

무슨
일이오?

어떻습니까?
방금 그 계집…

뭐야?

다리를 좀 저는 게
흠이긴 하지만
뭐… 아주 꽃다운
청춘입니다요.

어허,
이 사람이
왜 이러나.

한번 놀아보십쇼.
행요술도 기막히굽쇼.

사람
싱숭생숭하게
하누만.

아니래두,
여편네하고 생이별한 지
해를 넘긴 사람 보고…

그러니까
더더욱입죠.

하룻밤 꽃값으로
상목 두 필 값이면
됩니다요.

비싸군.

저기 저… 외진 숫막으로 가시면 뒷켠에 조용한 봉노가 있습지요.

군불도 뜨끈하니 지펴났으니 잠시 등을 붙이고 계시면 곧바로 그 계집을 보내드립지요.

알겠네.

들어오게.

좀전의 그 들병이가 장지를 열고 들어서더니 절뚝 절며 앉는다.

……

편히 앉게.

다리가
불편하신가?

…….

궐녀는 대답 대신 저고리 고름부터 푼다.

자네를 데려다준
그 화상은 누군가?

…….

어허, 이 사람이 귀머거린가?
왜 대답이 없어?

…….

그래도 대답이 없자
사내가 버럭 걸기를 돋운다.

말이
말 같잖아?

쉰네의
서방입니다.

뭐야?

서방?

서방이
제 여편넬
팔아?

여편넬 팔든
딸을 팔든,

58

나으리야 쇤네와 동품이면 그것으로 그만이지요.

세상에… 이런 막돼먹은 것들을 봤나!

……

……

옷 입게!

어머머, 도덕군자 나셨네.

김샜단 말이다.

잘됐네요, 나으리야 본전 생각 나시겠지만 쇤네는 하룻밤 편히 자게 됐네요.

나으리가 제 몸을 가지시든 말든 쇤네는 닭이 홰치기 전에 이 방에서 나갈 수가 없고

홰를 치고 나면 나으리께서 아무리 붙잡아도 나가지 않을 수 없는 몸이니.

삼강오륜이 아무리 거덜났기로 제 여편넬 파는 사내가 어딨어.

사내도 사내 구실을 할 수 있어야 사내지요.

왜? 고자라도 되남?

뿌리째 몽땅 잘려나가고
없습니다요.

……

그게 다
업보지요.

업보?

쇠살쭈였던 본서방 몰래
중노미였던
그 화상하고 눈이 맞아
야반도주를 해서
문경새재 어름에서
살았는데,

어느날 들이닥친
본서방 손에
쉰네의 발과
그 화상의 하초가
절단나버렸구만요.

허면… 그 화상이
사내 구실을 못하게 된 화풀이로
자네한테 이런 짓을 시킨단
말인가?

처음엔 쉰네가
구멍 서방이라도 만들어서
야반도주라도 할까봐
이 짓을 시켰는데,

한번 입을 연 궐녀는 하늬바람에 연줄 풀듯
사연을 슬슬 풀었다.

이제 와서는
쉰네를 앞세워
전대를 불리는
입장이 되었지요.

다리가 불편하다는
것은 알지만…
그렇다고
도망 갈 궁리도
아니 해봤는가?

물색 모르고
그런 말씀
마십시오.

그 화상이 돈에는
고분고분하여도
한번 수틀렸다 하면

낫이고 도끼고
손에 잡히는 대로
찍는 성깔에다

송파 저자
왈짜판에서
송만치라 하면
모르는 사람이
없을 정도로

거느린
졸개만도
서른이
넘습지요.

…….

한 번은 어떤 나으리께서…
쉰네의 처지가
하도 딱했던지

그놈한테
쉰네의 몸값을 쳐줄 테니
풀어주라고 했다가
직사하게
얻어맞았지요.

……

그 화상이
제 손으로 쉰네를
죽였으면 죽였지
만금을 준대도
쉰네만은 내놓지
않겠다는
것이었지요.

쉰네가 뇌짐병을 얻거나
창병이 들어
시름시름 앓다가
죽어가는 꼴을
봐야겠다는 심보지요.

일어나게.

일어나서
옷을 입게.

계집의 신세타령에
나으리께선 앞전으로
계집의 신세타령에
치른 꽃값만
날리게 됐군요.

어서… 내 등에 업히게.

옛?

명색이
두 쪽 달린 사내로서
자네의
가련한 처지를
모른 척
할 수가 없네!

내가 자넬
도망시켜 줄
것이네.

나…
나으리.

쉰네야 어차피 멍들고 병든 몸이라
열명길이 가깝지만 그놈한테 들키면
나으리 목숨 보존하긴
글렀습니다요.

어허…
그 여편네
말도 많다.

한 번 죽든 두 번 죽든
기왕 죽을 목숨 아닌가.

하기야 모가지가
두 개라면 이런 때야
얼마나 좋겠냐만….

얼마나 뛰었을까?
사내의 등때기에
후줄근히 땀이
배어오르는데
문득 저만큼
도선목의 불빛이
보였다.

예서 잠시
숨을 돌림세.

여기서 지체하다간
큰일납니다요.
도선목 근처엔
그놈의 졸개들이
좍 깔려 있어요.

쉿!

강심 쪽에서 주낙배 한 척이 미끄러지듯 건너오고 있었다.

이… 이쪽으로
오고 있어요.

기달이!
기달이!

어디
있는가,
기달이?

여길세.
여기 있네.

대, 댁들은
누구시죠?

……

서… 설마 쉰네를 색상한테 넘길 생각은 아니겠지요?

안심하시게.

우리가 색상이라면 자네 같은 병추기를 찍을 리가 있겠나.

그렇다면 쉰네를 어디로 끌고가십니까?

끌고가는 것이 아니라 뫼시고 가는 것이네.

하기야 색상한테 넘겨져도 그놈한테 목매인 것보다야 낫지요.

……

나으린?

기다리고 계시네.

……。

나으리!

…….

…….

송만치란 자가
자네 서방인가?

그렇습니다만.

가마를 타는
호사는
처음이겠군.

쉰네를
어쩌시려고
이러십니까?

입 다물고
얌전히 있으면
자네 팔자가
늘어질 것이네.

......

어서 가마에
오르시오.

나으리,
소인들은 이만
물러가겠습니다요.

수고들 했다.

스무남 냥씩은
돌아갈 것이네.

고맙습니다,
나으리.

조심들 하게.

염려 놓으십시오,
나으리.

나으리! 이 나으리가 누구신가?
통량갓에 도포 차림이니 입성은 날개이되
어디에선가 상것의 냄새가
희미하게 풍기는 나으리….

그는 바로 천소례의 손아래 동서이던 운천댁을 꿰차고
야반도주를 한 길소개였다.

71

내 서울에 당도하는 길로
북촌으로 가서
식객 노릇을 하더라도
환로에 들 길을
찾을 것이네.

하찮은 보부상쯤이야
종놈 부리듯 해야
우리 일신이 보존되고
천수를 누릴 수 있지
않겠는가.

길소개가 교꾼들을 채근해서 수레재를 넘어

왕십리를 지나

흥인문에 당도했을 때는
파루를 친 지도
오래 되어서였다.

파루를 쳤으니 행객들의 문안 출입은 자유로웠지만
수상한 행객을 보면 수문군(守門軍)들이 짐 뒤짐을 하였으니

계집을 보교에 태운 채로 문 안으로 든다는 것은 어려운 노릇이었다.

73

눈치 빠른 수문군들이 가마 속에 있는 계집의 행색을 보면
들병이란 것이 금방 탄로날 것이고 옥신각신 실랑이를 벌여
소동이라도 나면 그런 낭패가 없다.

야, 이놈아!

나으리, 어찌할깝쇼?
저놈들이 까탈을
부릴 텐뎁쇼.

그대로 밀고
들어가!

교꾼이면
가말 내리고
기찰을 받아야
한다는 것쯤은
알고 있을 것
아니냐.

가마를 세우든 내리든 우리야
나으리 영을 따를 뿐이오.

나으리?

무슨 일인가?

뉘댁으로 가는
내행이시오?

뉘댁 내행이라면 네 놈들이
감히 알아듣겠느냐?

초다듬이로 내뱉는 호놈 언사에 배알이 뒤틀린 벙거지가 발끈한다.

호패나 보이시오!

이런 깜냥 없는
놈 같으니.

성내의 대갓집으로 가는
내행인 줄로만 알면 됐지.
미주알고주알 따지고 들어.

그러나 벙거지도 만만치가 않다.

성내에

대갓집이
하나 둘입니까?

75

선혜당상(宣惠堂上) 김 대감이시다.

선혜당상이 뉘신지 우리가 알 게 뭐요.

망치가 가벼우면 못이 논다.

이놈!

길소개는 벙거지의 뺨을 본때 있게 후려 갈겼다.

네 놈이 시방 나와 말장난 하자는 게냐?

이···, 씨···.

자네 모가지가 둘인가?

선혜청 당상이면 김보현 대감이란 말일세.

고연 것들 같으니.

궐녀를 우리집으로 안돈 시키게.

예, 나으리.

길소개가 서울로 도망와서 자리잡은 곳은 새경다리께였다.

나는 곧장 재동으로 가야겠네.

예.

어서옵시오,
나으리.

대감마님은?

아직 퇴청을
아니 하셨습니다.

헐숙청에
있겠네.

알았습니다요.

길소개가 헐숙청으로 들자
콩기름을 먹여 반질반질 윤이 나는 넓은 방에
쭈그렁 갓에 꾀죄죄한 도포 차림의 선비가
홀로 바둑을 복기하고 있었다.

생원님!

어서 오게.

한 수 하겠나?

아직 바둑을 배우지 못했습니다요.

생원의 이름은 유필호였다.

다가와서 앉게. 내가 가르쳐주지.

행세를 하려면 바둑을 알아야 하네.

예.

유필호는 벌써 3년째
김보현 대감 댁에서
혈숙청을 지키는 식객이기는 했으나
길소개 같은 위인은
범접할 수 없는 위엄이 있었고
글줄이나 한다는 선비들조차
그의 학식과 문장에는
고개를 숙이는 판이니…
유필호 앞에서는 반지빠른 길소개도
오금을 못 펴고 노상 자라목처럼
목이 움츠러들었다.

더구나 유필호는 길소개의 출신이나 밑천을 손바닥 보듯 알고 있었으니….

가보시게.

대감마님께서 드시라는 분부십니다.

대감마님,
소인이옵니다.

들어오너라.

다녀왔느냐?

예. 계집을
새경다리께 있는
소인의 거처에다
옮겨놓았습니다.

그만한 조처로
송과 인근의
무뢰배들을
네 손아귀에 넣을 수
있겠느냐?

예.

소인의 수하로
들지 않고는
배겨나지
못할 것입니다.

그 계집의 서방이란 놈은
양물이 잘려 사내 구실을
못하는 주제이긴 하나
계집을 놓지 못하는
깊은 포한이 맺힌 놈이라서

통발 속으로 기어들 수밖에
없는 미꾸라지입니다.

그래!

일이 잘 된다면
쓸 만한 것들이
얼마나 되겠더냐?

대충 사오십 명은
될 듯합니다.

만에 하나라도
실수가 있어선
아니 된다.

심려치
마소서,
대감마님.

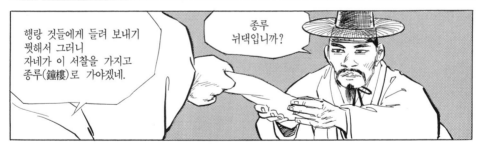

행랑 것들에게 들려 보내기
펏해서 그러니
자네가 이 서찰을 가지고
종루(鐘樓)로 가야겠네.

종루
뉘댁입니까?

공주인(貢主人)인
신석주를 아는가?

예. 입전(立廛)에서
가가가 제일 큰 거상으로
알고 있습니다만.

82

이 서찰은
꼭 그 당자를
만나서 전하게.

행여 가가의
서사놈이나
차인놈에게
주어서는
아니 되네.

선혜당상 김보현 대감의 서찰을 받아쥐고 길소개는 횡하니 니섰다.
종루 시전의 입전이라면 전옥서(典獄署) 앞이다.
길소개가 전옥서 앞 시전 어름에 당도했을 땐 어둠이 깔리고 있었다.

어험!
어험!

뉘시우?

거침없이 들어서는 길소개를 보자
귀때기 새파란 열립꾼 녀석이
아니꼽다는 눈치다.

대주 어른
어디 계시냐?

대주
어른요?

급히 뵐 일이
있느니라.

어느 임방에서
오신 동무님이슈?

아니면 시골 관아의
경주인(京主人)
나리시우?

요놈 봐라?

똥개일수록
제 집 안에선
크게 짖는다더니…

길소개가 점잔을 뺐다.

날이
어두워
네가 사람을
잘못 본
모양인데…,

나는 상인배가 아니니라.

상인배가
아니면
대주 어른은
왜 찾수?

요… 요런
방자한
상것이…!

이놈아,
꼭 행매해야
할 일이 있어야
대주를 찾느냐?

무슨 일로
그러십니까?

아닌 밤중에 홍두깨로 뛰어들어 다짜고짜 대주 어른을 뵙자네요.

대주 어른 뵙자고요?

자넨 누군가?

차인 행수 맹구범입니다.

우선 방으로 좀 드시지요.

어험! 어허!

신 대주께서 장안의 거상이라 하나 만나뵙기가 이토록 어려운가?

그야 생원님께서 우리를 시정잡색쯤으로 아시니까 그렇지요.

85

시정잡색으로 알다니?

아무리 생원님 지체기로 무작정 대주 어른 뵙자며 해라를 하시니 말입니다.

어허, 봉패로세.

내 양반의 지체로서 자네 같은 상것에게 마음놓고 해라를 못한다면 어디 가서 행세를 하겠는가.

생원님?

말씀하시게.

잠시 귀 좀 빌립시다요.

귀?

목소리가 커지면 남우세스러울 것 같아서요.

뭔가?

야, 이자식아. 사람 좀 웃기지 마라.

뭐 뭐 뭐

이… 이… 이…,

이, 이놈이 제명에 못죽어서 양반 능멸혀? 양반 좋아하고 자빠졌네

보아하니 차작이거나 엽전으로 소과급제쯤 따낸 모양인데

※차작(借作) : 글을 대신 지음, 또 그 글.

그 말에 길소개는 가슴이 뜨끔했다.

그도 그럴 것이 길소개가 돈으로 얼렁뚱땅 소과급제를 따낸 것이 불과 두 달도 못 되었기 때문이다.

그까짓 소과급제라면 나는 이미 이태나 전에 취했소이다.

아니, 그렇다면 생원 벼슬은 댁이 먼저란 말이오?

갑족이란 풍골에서부터 틀리는 법이오.

대중없는 수캐 앉을 때마다
뭐 자랑이더라고 급제한 지 일천하면
공연히 방자해서 아무 앞에서라도
삿대질 하고 싶은 법이외다.

맹 생원!

그냥 맹 행수로
불러주시오.
그까짓 생원
걸리적거릴 뿐이외다.

지각없이
떠들다 보면

길 생원님이나 나나
누워 침뱉기요.

내가 사람을
잘못 보았소이다.

덮어둡시다.

그래… 대주 어른께
무슨 볼일이오?

길소개는 걸레꼴이 된 자신의 체신을
다소나마 만회할 빌미라도 된다는 듯이
맹구범에게 바싹 다가앉으며 목소리를 가다듬었다.

실은… 김보현
대감께서

대주 어른께 몸소 전하라는
서찰 한 통을 내가 지니고 왔소.

하나… 들썩 놀랄 줄 알았던 맹구범은
듣는 둥 마는 둥 자리를 털며
일어났다.

따라오시오.

어디로
가시오?

탑골 대주 어른
소실댁이오.

대주 어른 측실이
옥골이라는 얘기는
풍문으로 들었소이다.

아씨마님이
절색이란 소문이
생원 같은 사람도
알고 있는 걸 보니
장안에 소문이
자자한 모양이군요.

어구구,
시원하다.

……

어허, 시원하다.

네 손이 정녕
약손이구나.

잠시
일어나시지요.

으음,
그러지.

그게
뭐고?

더운
꿀물입니다.

너를 옆에 두고 있으면
내가 십 년은
젊어진 듯하구나.

영감마님! 왜 그러느냐?

맹 행수께서 오셨습니다요.

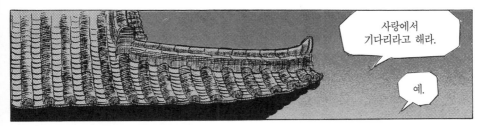

사랑에서 기다리라고 해라.

예.

......

......

어흠! 어흠!

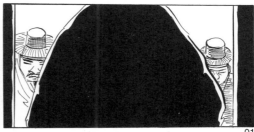

신석주가
일개 공주인에 불과한
상인의 지체라 하나
시전 상권을 손아귀에
쥔 거상으로 조정과
권문세가에 무상출입이니
한다 하는 양반도
그 앞에서는 자기를
내세우지 못한다.

길소개는 코가 방바닥에 닿으리 만치
인사를 올린 다음
괴춤의 서찰을 공손히 올렸다.

신석주는 장죽으로 서찰을 끌어당겨

봉서를 뜯어 읽어보더니
덤덤하니 맹구범쪽으로 고개를 돌려

이 사람이 김 대감과
반연(絆緣) 있는
위인인가?

92

※반연 : 얽혀서 맺는 인연.

서찰을 들려 보낸 것을 보면
대감께서 긴히 쓰려 하고 있는
사람으로 보입니다.

두 사람이 나누는 말이
자기를 두고 하는 말인지라
길소개는 무슨 죄를
짓다 들킨 놈처럼
면난하기
그지 없는데….

신석주는 지나가는 말처럼 한 마디 던지더니 자리를 뜬다.

위인이 밉상은
아니구만.

데리고 나가서
요기나 시켜라.

후우.

원님 덕에 나발이라고
길 생원님 덕분에 나도
기생년 볼기짝 한번
두드리게
되었소이다.

갑시다.

예?

색주가라면 수진방골,
다방골 새문안 야주개
아래 오궁골과
무교다리께도
널려 있습니다만
어디로 뫼실까요?

시생이야
맹 행수만
믿고 따라나선
촌닭 아닙니까.

수진방골 쪽은
군총들이 드나들어
이목이 번다하니
다방골로 가십시다.

에그머니나!
행수 어른 아닙니까요?

발걸음을
뚝 끊으시길래
이 초향이를
잊으신 줄
알았습니다요.

내 귀빠진 날을
잊으면 잊었지
자넬 잊을 리가
있나.

매월아,
산홍아.
행수 어른
오셨다.

내 오늘은
귀하신 어르신을
뫼시고 왔으니
그런 퇴물들 말고
영계 한 마리
내놓게.

맹구범이나 길소개가
모두 한다 하는
모주꾼들이라
초저녁부터
시작된 술판은
밤이 이슥해도
끝날 줄 몰랐다.

술이라면 지고는 못 가도
뱃속에 넣고는 간다는 시생인데,
생원님껜 감당이 불감당입니다요.

맹 행수 주량이야
말로 측정을
못하겠소.

자네들, 잠시 자리를
비켜주게.

생원님께
긴한 얘기가
있다.

예.

…….

불쑥하니 계집들을 내친 맹구범이
정색을 하며 다가앉는다.

생원님?

예.

길소개가 바짝 긴장을 한다.

알고 계십니까?

무슨…?

생원님께서 대주 어른께 전해 드린 그 서찰의 내용 말씀입니다.

모릅니다.

봉함 서찰을 그대로 건네받은 터에 그 내용을 어찌 알겠습니까!

그게 바로 삼남(三南)의 해창(海倉)으로 내려가는 세곡선(稅穀船)에 승선하여도 좋다는 행장(行狀)이외다.

맹 행수께서 그런 일을 어떻게 알고 계십니까?

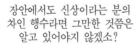

장안에서도 신상이라는 분의 차인 행수라면 그만한 것쯤은 알고 있어야 하지 않겠소?

한 말씀 더 드려볼까요?

해보십시오.

물론 생원님께선 그 일로 동분서주하고 계실 터이고.

김 대감께서 길 생원님께 왈짜패들을 규합하라는 영을 내리셨겠지요?

길소개는 취기가 싹 가셨다.

이놈이 대체 내 밑구멍을 어느만큼 알고 있단 말인가?

나야말로 허수아빕니다 그려.

내가 모르는 것을 행수께서 다 알고 계시니…

허수아비한테 일을 맡길 김 대감이 아니지요!

허면 시생도 쓸 만해 보입니까?

쓸모없는 사람한테야 굳이 소청 드릴 것도 없지요.

소청?

맹 행수께서 시생한테요?

물론입니다.

오늘 우리가 주고받은 이 말을 누구에게도 발설하지 않으신다면…,

이래봬도 입 하난 무거운 놈이외다!

시생이 드리는 소청은…,

비단 우리 상단 (商團)의 상리나 이 맹구범의 일신만을 위해서가 아닙니다.

이번 행보 한번만 잘하면 생원께선 치부할 것임은 물론이고…,

백두를 면하고 환로에 들 수도 있소. 우리 대주께서 뒷배를 봐주기로 한다면 그깟 고을 수령 한자리가 대순가요.

어서 부리를 헐어보시지요.

재동 김 대감께서 익히 수하에 쓰던 조졸들이나 오강(五江)의 선창 머리에 살고 있는 곁꾼들을 내치고

왜 구태여 물리에 어두운 송파 인근의 무뢰배들을 긁어 모으려 하는지 아시겠습니까?

시생이야 그저…,

대감의 분부나 따를 뿐 그걸 어찌 알겠소.

그건 지금까지 수하에 쓰고 있던 조졸들이나 곁꾼들은…,

꾹
꾹

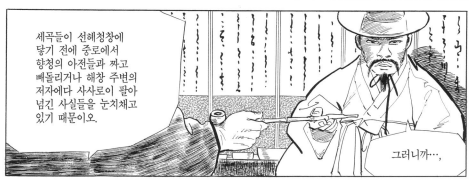

세곡들이 선혜청창에 닿기 전에 중로에서 향청의 아전들과 짜고 빼돌리거나 해창 주변의 저자에다 사사로이 팔아 넘긴 사실들을 눈치채고 있기 때문이오.

그러니까…,

삼남의 사창과 해창으로 조운선을 띄웠을 때마다 한 번 배를 탔던 조졸들이나 곁꾼들은 두 번 다시 태우지 않는단 말씀 같은데….

그렇소! 길 생원께서 모으고 있는 곁쩨들 중에

시생이 데리고 있는 상단 아이들 열 명만 끼워넣어 주십시오.

그게 시생의 소청입니다.

그 일만 해주시면 생원님 앞길은 탄탄대로지요!

나 같은 시골고라리가 어찌 대감의 눈을 속일 수 있습니까?

생원님 환로가 이 한 판에 달려 있는데도요?

…….

믿어도 되겠소?

못 믿을 것을 위해 만들어놓은 것이 물증이란 것이지요.

펴보시지요.

삼천 냥짜리나 되는 사금파리 어음이었다.
길소개는 눈깔이 홱 뒤집히는 것 같았다.

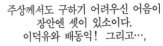

주상께서도 구하기 어려우신 어음이
장안엔 셋이 있소이다.
이덕유와 배동익! 그리고…,

신석주!

바로 그 어음의
장본인!

…….

그땐 끝장이지요.
길 생원이나 나나.

좋소이다!

내가 맹 행수와
통모한 사실이
김 대감께 들통이 나면
어찌 되는 게요?

102

벌써 인경을 친 뒤라 길에는 인적이 없었다.
맹구범과 헤어져 집으로 돌아가는 길소개의 걸음은 나는 듯이 가볍다.
괴춤에 찌른 사금파리 어음을 몇 번인가 어림하여보았다.

이제 그의 결심은 요지부동이었다.
저만치 집이 보였다.

길소개가 호기 있게 대문을 흔들려는데

임자!

나 왔네.

대문이 소리도 없이 열렸다.

주둥이 닫고
조용히 들어와.

누, 누구냐?

주둥이
닫으라니까!

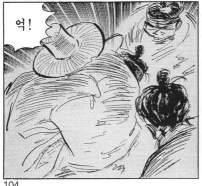

억!

조용히 방문을
열고 들어가.

이… 임자!

얼굴이 약간
얽어서 그렇지,
계집이 본바탕은
아주 옥골이야.

네 이놈, 당장 그 손
치우지 못해.

아무래도 나으리가 손헬 것 같습니다만…

피시식

웃어?

푸

푸하아

뭐야?

병신 주제에 찾아오긴 제대로 찾아왔군.

사내 구실도 못하는 주제에
무슨 정분이 있다고
여편넬 찾아?

애들아!
그놈의 사지를
단단히 동여라!

오냐!

피장파장으로
네 놈도 사내 구실
못하게 해주마.

쯧쯧.

송만치가 패도를 뽑아들었으나
길소개는 눈도 깜짝 않는다.

부부는
일심동체라고 하니…,

내 목을 찌르든
하초를 결단내든 그거야
네 놈 속내대로지만

임자 생각은
어떠신가?

……,

내가 사내 구실을
못하게 된다면
임잔 내 곁에
있어주겠는가?

……,

뭐라고? 일부종사라고?
옳거니! 임잔 과연
내 계집일세.

오지랖 넓은 체
마라, 이놈!

나는 한다면
하는 놈이야.

아둔패기
같은 놈.

등치는 황손데
섭수는 좁쌀일세.

뭐야?
이놈!

대중없이
날뛰지 말고
거기 장이나
열어봐라.

누가 알아?
혹시 네 여편네가
그 속에
숨어 있을지.

......

......

......?

이놈들아!

이 팔을 봐야지.

열쇠는 나만 아는 곳에
갈무리 해뒀어!

성님?　　어떡할깝쇼?

…….

은자 삼백 냥이니
네 놈들 눈깔이
불거질 만도 하지.

돈 냄새도 좋겠지만
엉덩짝이나
좀 치우고 맡아라…

……

고생했네,
임자.

113

나가서 술상이나
좀 봐오시게.

하루살이 막돼먹은 놈들
짓이니 어찌하겠나…

……

너희들은
밖으로 나가서
계집을 지켜!

그래야겠지.

술에 독약이라도
탈지 모르니까.

이런다고 내가
내 계집을
포기할 듯 싶어?

귓구멍 후비고
우선 내 말이나
잘 들어!

내달 초순께 서강(西江)에서 삼남으로 가는 선혜청의 세선이 뜬다.

일 년 열두 달 뜨는 세선과

내 여편네와 무슨 상관이오.

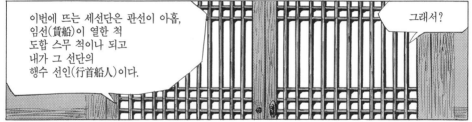

이번에 뜨는 세선단은 관선이 아홉, 임선(賃船)이 열한 척 도합 스무 척이나 되고 내가 그 선단의 행수 선인(行首船人)이다.

그래서?

......

배 다섯 척마다 총대 선인
(總代船人)을 조발하는데…
나는 행수 선인으로서
내 수하 총대 선인의
한 사람으로 자넬 지목했지.

웃기셔?

배라고는
거룻배나
타본 놈한테
총대 선인이라니.
푸후후후….

자네가 내 수하에서
이번 행보만
잘해준다면
이천 냥을 더 주지.

송만치로서는 하늘이 무너질 거금이다.
저도 모르게 만치의 목소리가 떨리고
말버릇새가 달라졌다.

자네 수하엔 힘깨나
쓰는 놈이 많다니까.

그야 서른 명쯤
되지요.

생원께선
어찌해서
나를 지목하셨단
말씀이십니까?

똘똘한 놈으로
스무 명만 고르게.

내 여편네요?

116

의원 말씀이 자네 내자는 뇌짐병으로 그냥 놔두면 달포를 넘기지 못할 것이라더군.

어디 있습니까?

구완이 극진하니 마음 놓게.

만나게 해주시오.

서두를 것 없네.

자네가 이천 냥을 거머쥐는 날 자네는 생기가 넘치는 자네 내자를 만날 수 있을 것이네.

내가 배신할까봐 인질로 잡아두는 게요?

겸사겸사지. 불쌍한 여인 병도 고쳐주고.

약조는 틀림없이 지키는 거지요?

안 지키면 자네가 나를 그냥 두겠는가?

117

나는 자네가 빨라야 사나흘 후에나
나를 찾아올 줄 알았는데.

내 집이
여기라는
것을 어찌
알았는가?

제 놈들이 뛰어야
벼룩입지요.

졸개들을 좌악 풀어
어살을 쳤더니

삼전도 선창 머리에서
두 놈이 걸려듭디다.

그놈들이 내 집이 여기라고 실토를 하던가?

놈들의 귀를 하나씩 잘라버렸습죠.

…….

그놈들 입이 너무 가볍군.

돌아가는 길로 아예 저승으로 보내버립지요.

…….

…….

꿰미가 여럿인지라
송만치는 두 졸개와
전대를 나누어 차고
자리를 떴다.
길소개가 대문까지
따라나왔다.

아직 파루칠 때가 멀었는데
성 밖으로 나가기가
난감일 터인데.

우리야
오간수 구멍이
제격입지요.

조심들 하게.

염려
놓으십시오.

덜커덕

도대체 이녁의 속내는
알다가도 모르겠소.

계집은
어찌 됐소?

남우세스러워서 살겠어요?
시정잡배들한테 속살까지
내보이게 만들고.

어허,
이 사람.

나란 놈이
어떤 놈인지 몰라
지아비로 섬겨?

그까짓
속살 좀 보인 것
가지고.

애시당초 내가
미친년인데
이제 와서
무얼 어쩌란
말인가…

두고 보게. 이제 곧 내가
환로에 들 것이고,
그렇게만 되면
임잔 고대광실에서
종놈들을 부리며 손끝에
물방울 하나 묻히지 않고
살게 될 것이네.

알았어요.

그놈들이 부엌은
안 뒤지던가?

수고했네.

바가지나 좀
주게.

이녁이 시킨 대로
해놨지만 측간이랑
부엌 아궁이까지 뒤질 때는
간이 콩알만해집디다.

121

다 퍼내자면
한 식경은 족히
걸리겠네.

내가 버릴까?

됐어요.

됐어. 물을
어지간히 퍼냈으니
이제 독을 들어냄세.

자!

됐어!

여보게.

‥‥‥.

123

하루종일 끽소리 못하고
숨어 있느라 고초가 많았네.

내 집에 온 이상
그간 놈들 걱정할 것
없네.

꿀물일세.

······.

그 화상들은
어찌 됐습니까요?

마시고 한잠 푹 자고 나면
원기가 날 것이네.

고··· 고맙습니다,
마님!
이 은혜
하해와 같으나
앞으로 겪게 될
고초를 생각하니
아득합니다요.

자넨 그저 우리집에서
가만히 숨어 있기만
하면 되네.

다른 일은 나으리께서
다 알아서 조처
해주실 것이네.

내, 의원한테도 손을
써놨으니 안심하도록.

고맙습니다,
나으리.

자네 택호가
무언가?

쉰네 같은 천한 것이
택호라닙쇼?
그저 방금이라
부릅니다요!

보아하니 자네와
송만치라는 위인과는
결발부부가 아닌 것
같던데?

예!

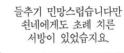

들추기 민망스럽습니다만
쉰네에게도 초례 치른
서방이 있었습지요.

조성준이라고…
송파장 웃머리의
쇠살쭈였습죠.

조…,

성준!

그렇습니다만….

125

혹시 나으리께선
그분을 아십니까요?

쯧쯧쯧…

내 명색이
양반인데

어찌 쇠살쭈
나부랭이를
알겠는가?

송구스럽습니다.
나으리!

……!

길소개는 홍두깨로 뒷덜미를
얻어맞은 듯한 기분이었다.
그것이 송만치를 수하에
끌어들이려다 얻은
우연이기는 하였으나
방금이란 이 계집이
조성준의 내자인 줄은
꿈에서라도
생각 못한 일이었다.

젠장, 넓고도
좁은 것이
세상이라더니….

더구나 이 가택이며
생원으로 행세하게 된 근본이
전부 조성준의 재물로
이룩된 것이라면
이제 그 계집이란 여자가
한날 버림받은 창기가 되어
자신의 집에서
구완을 받고 앉았으니
이게 악연이면
하늘도 놀랄 일이 아닌가!

그래, 조성준인가 뭔가 하는
그 자는 아직도 쇠살쭌가?

소문에 듣기로는
척살되었다고
하더이다.

척살?

강경 땅 어디선가
그리 된 모양인데,
풍문이라 증거할 길은
없습지요.

사발통문까지 돌았다는
소문이더니
김학준의 첩실 소행이겠지!

송만치가 길소개를 만나고
도성을 빠져나온 그 다음
다음날 해질 무렵….

자!

술과 안주는
얼마든지 있으니

오늘은
코가 비뚤어지도록
퍼마셔라!

만치 성님, 오늘
무슨 날이유?

귀빠진 날이우?

야, 이놈들아!
귀가 빠졌든 염불이 빠졌든
너희들은 내가 마시라면
마시면 되고 타라면
타면 되는 게야.

타다닙쇼?
무얼 탑니까?

말을 탑니까?
소를 탑니까?

배!

훠ㅡ 에

만치 성님이
계집을 하나씩
안겨주신단다!

이놈들아! 그런 배 말고 물 위에 둥둥 뜨는 배 말이다.

에~이

김 팍 샜다!

배 한번 타고 나면 전대를 하나씩 꿰찰 텐데도 싫단 말이지?

에이, 성님도. 무슨 말씀을 그렇게 하십니까?

우리야 성님이 시키는 대로 마시라면 마시고, 타라면 타는 놈들 아닙니까!

성님이 배를 산으로 몰고 가시든 바다로 몰고 가시든 무조건 타겠소.

성님!

찾았어?

쇠전머리 초입에 외진 주막이 있지 않습니까?

그 주막 뒷봉노에 있소!

꼴새는?

뻔합지요. 잘린 귀를 싸자매고 두 놈이 죽은 듯이 널브러져 있는데

늙은 주모가 구완을 해주고 있는 모양입니다.

다른 놈들은 없고?

보부상인 듯한
행객 둘이 술잔을 기울이고
있는 것 같습니다만,

뒷봉노에서야
굿을 해도
모를 것입니다.

가자!

쥐도 새도 모르게
두 놈의 목을 눌러버리자.

꼭 가야 하겠나?

나 역시 자네와
헤어지려니…,

바지 벗은 놈처럼
앞이 허전하네만…,

집을 떠난 지가
너무 오래 돼서
여편네가 눈이
빠졌을 것이구만.

……

길소개는 송만치의 계집이 조성준의 아내였다는 사실에 놀라고…
동고동락으로 정이 들 대로 든 봉삼과 선돌은 석별의 잔을 기울이는데….

자넨

도성으로 들어갈 테지?

자네가 고향의 처자식을 생각하는 것처럼 나 역시 예까지 왔으니…

맹구범이 달고 간 잔금이의 행처라도 알아보는 것이 도리일 것 같고…

조소사도 만나고 싶고?

보고 싶네!

남녀간의 정이란 게 무엇인지…

자네와 작반할 동안은 그래도 잊을 수가 있었네만 이제 자네와 헤어진다는 생각을 하니…

……

무슨 수를 쓰든

조소사를 만나야겠다는 일념뿐이네.

조심하게.

135

일구월심 자네를
못 잊어 하는 거야
조소사도
마찬가지겠지만

상대는 공주인인
신석주야!

모가 나오든 도가 나오든
윷은 던지고
보겠네!

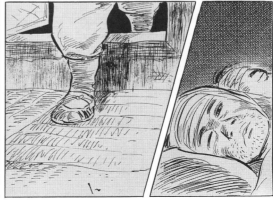

누… 누구요?

생원님께서

네 놈들 입이
너무 가볍다고
하셨어!

딱

제기랄!

이별주가 이렇게 쓰디쓸 줄 알았으면 우린 애시당초 만나지 말았어야 하는 건데.

빌어먹을, 누가 아니래!

취기 탓인가? 호롱불 빛에 선돌의 눈자위가 번들거리고 있었다.

어금니를 꽉 깨문 봉삼이 먼저 자리를 털고 일어섰다.

먼저 간다. 사내 자식 우는 꼴은 더 못 봐주는 성질이라서.

조선팔도 끝간 데 없이 발서슴하는 우리가 다시 만나자는 약조를 하는 것도 우습겠고….

탁

이놈아, 그 따위 약조는 않는 게 더 쉬 만날 징조더라.

138

꼭지도 덜 떨어진
놈 같으니…
두 쪽 달린 놈이
울긴…

치이….

나야 술에
취하기나
했지!

파앵

우다닥

?

139

거드모리로 내지르는 송만치의 발질에
봉삼은 넉장거리로 나가 떨어졌다.

……?

조가란 놈은
척살되었다는
소문이더라만

네 놈 만나기를
학수고대하고
있었다.

142

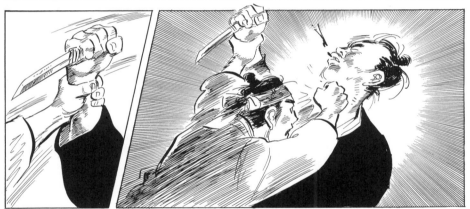

145

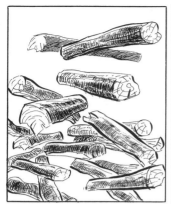

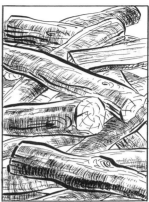

시끄러워지기 전에
뜨는 것이 좋겠네.

사흘 뒤 저녁 무렵
종루 시전으로
맹구범을 찾아간
길소개.

맹 행수, 일이
난감하게 되었소이다.

난감하게
되다니요?

송만치란 놈이 목뼈가 상하고
팔이 부러지는 등
다 죽게 되었소.

아니!

주먹부터 앞세우는 성깔이라
어느 놈하고 싸운 모양인데…,

기동을 하려면 달포나
걸려야 될 모양이니

이 일을
어쩌면
좋겠소?

조운선 뜰 날이
촉박하니
이제 와서
다른 결쩌들을
모을 겨를도
없고….

만치가 없어도
그 수하의
졸개들은
있지 않습니까?

시생도
그렇게 생각했었는데
그게 그렇지가 않아서
탈이오.

강상의 무뢰배들도
저들끼리는 의리와
정이 있다면서

149

송가란 놈을 두고는
절대로 배를 타지
않겠다는 것입니다.

그런 놈들일수록
서푼짜리 의리는
더 찾는
법이지요.

그러니 이 일을
어찌하면
좋겠소?

행수 어른,
행수 어른!

무슨 일이냐?

웬 촌닭 같은 놈이
시전 어름에서 난전을
벌이고 있습니다요.

그래서?

저…

어… 어찌할까 해서요.

이런 개숫물에
코 처박고 뒈질 놈들!

어쩌긴 뭘 어째 죽지 않을 만큼 손을 봐서 끌고 오면 되는 거지

알겠습니다요!

좋은 방도가 생기시면 기별 주십시오.

저녁이라도 함께 하시지요.

요즘 같아서는 몸이 두 개라도 모자랄 지경입니다.

좋은 일이지요.

생원님에 대한 김보현 대감의 신임이 그만큼 두터워진다는 얘기 아닙니까.

허허허!

시생은 맹 행수만 믿습니다.

그 문제로 너무 심려치 마십시오.

며칠 두고 보면 달리 수가 생기겠지요.

이놈이 정녕 죽고 싶어 환장한 놈일세.

난전꾼은 봉삼이었다.

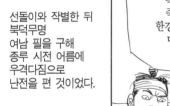

선돌이와 작별한 뒤 북덕무명 여남 필을 구해 종루 시전 어름에 우격다짐으로 난전을 편 것이었다.

먹고 살자고 하는 짓이지, 죽고 싶어 환장한 놈이면 한강에 뛰어들거나 목을 매지, 미쳤다고 난전을 폈겠수.

안 미친 놈이면 여기가 어디라도 꼴 같잖은 물건을 퍼놓고 하매자를 기다려!

네 놈이 아무리 촌놈이기로 여기가 어딘지 몰라?

시전 행랑이 바로
코앞인 건 고사하고
종루 바닥에서
난전 벌인 놈이

제 정신이야!

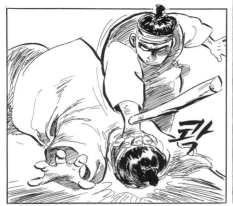

밟아라 !

외방의 장물림들이
짐작 없이 종루에서 난전을 벌였다가
시전의 차인배들에게
무단히 봉욕을 당하고
물화를 빼앗기고
밑천을 날리는 일이 종종 있었으나
평시서에서는 이를 묵살하였다.

쯧쯧!

복날
개꼴일세.

외방 저자만 돌다가
시전 풍속에 어두워
신세 망친 자가
하나 둘인가.

배우개나
숭례문 밖에서는 그런대로
난전이 서는 터지만

상목을 지고
장안에서 난전을 벌였다간
어느 구름에 요절이
날지 모르지.

그러게
말일세.

156

섣달 메뚜기처럼 대중없이 뛰어든 놈이란 말이지?

예, 행수님!

어떤 놈인지 몰골이나 한번 보자.

아니?

천봉삼!

고개도 들지 못할 만큼 만신창이가
되었으나 분명 천봉삼이었다.

향시에 놀던 가락도 있고
쑥맥도 아닌 놈이 난전을 벌여
횡액을 자초한 근저에는…
우선 나를 겨냥했음이고…,

그 다음은….

어쩌할깝쇼?
평시서로 넘길까요?
아니면… 아예….

내 은밀히 알아볼 일이 있으니
우선은 곳간에 가두어두어라.

곳간 앞에
수직을 세우되

가근방 전방에는 물론이고
행여 대주 어른께도 이 사실을
발설해서는 아니 된다.

알겠습니다요.

…….

근 한 식경이나 미동도 않고 생각에 잠겼던 맹구범은
뒤 행랑채의 봉노로 갔다.

어험,
어험!

뉘시오?

나다.

웬일이세요?

왜? 내가
못 올 데를
왔나?

궐녀는 잔금이었다.

맹구범은 잔금이를 반빗아치로 박아둔 것이다.

하도 발걸음이 뜸하시기에
반가워서지요.

남의 이목 때문에
널 이렇게 두는 게야.

이나마
감지덕집죠.

내 귀엔
원망으로
들리는구나.

※반빗아치 : 반빗 노릇을 하는 사람.

벼락맞을 말씀입니다.
쉰네가 어찌
나으릴 원망하리까.

곳간으로 가봐.
널 만나고 싶어
찾아온 놈이
있다.

아닌 밤중에
어찌 홍두깨 같은
말씀을….

수직을 서는 놈한테
내가 보내서 왔다고
하면 된다.

나는 이 길로
급히 다녀올
곳이 있다.

160

봉삼!

맹구범은 그 길로
탑골로 달려갔다.
마침 신석주는
본댁 대방 마님이
앓아누웠다 하여
북촌에 있는 본댁으로
가고 없었다.

맹구범이 조소사를
은밀히 만난다는 것은
이런 기회가 아니면
지난한 일이었다.

대문을 따준 업저지에게 연통하여
잠깐 뵙자고 하였더니

얼마 있지 않아서 조소사가 건넌방 사랑으로 나왔다.

어쩐 일이십니까?

......

조소사는 맹구범이 재하자라 하나
함부로 해라로 대하지 않았고
몸 가축에도 한점 흐트러짐이 없으되
발꽃같이 하얀 살신 어디엔가는
기우는 달빛 같은 우수의 빛이
서리어 있었다.

시생이 전주에서 만났다던
그 천봉삼이란 난전꾼이
시전 행랑에 나타났습니다.

예에?

그...
그이가...

무슨 일로 시전까지 올라왔다고 합디까?

아씨마님을 겨냥해서 서울 길에 오른 듯했습니다.

그렇게 말하던가요?

둘러대는 거조가 분명 그리하였습니다.

......

그 위인이 포전 행랑 근처에서

컷속도 모르고 상목 몇 필로 난전을 벌인 모양인데

시생이 뛰어갔을 때는 이미 열립꾼들에게 무수히 얻어맞아 인사불성이 되어 있었습니다.

그래서요?

시생이 급한 대로 그 사람을 뒤 행랑에 안돈시키고…,

곧장 마님께 달려온 것입니다.

…….

장차 그 사람을 어쩌하려는 것입니까?

일이 묘하게 되어서 시생인들 어쩌할 방도가 없게 되었습니다.

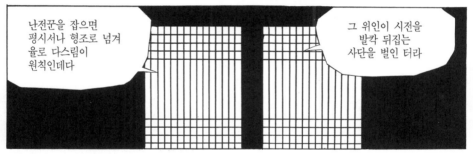

난전꾼을 잡으면 평시서나 형조로 넘겨 율로 다스림이 원칙인데다

그 위인이 시전을 발칵 뒤집는 사단을 벌인 터라

…….

수하에 있는 아이들 보기에도 그냥은 백방할 수가 없게 되었습니다.

짧은 한숨이 조소사의 입에서 흘러나왔다.

165

그런 낌새를 놓치지 않고
맹구범이 슬쩍 퉁긴다.

아씨마님! 차라리

나으리께 말씀 올리고
아씨마님 댁으로 데리고
오는 것이 좋지 않을까요?

나으리께서 지금까지는
모르고 계셨다 할지라도
천봉삼이 아씨마님과
일가붙이라는
것을 아시면

오히려
기뻐하시지
않겠습니까?

…….

속내 같아서는 당장 쫓아가서
몽매에도 그리던 정랑을 만나고 싶었지만
그랬다간 어떤 앙화를 입게 될는지
앞이 캄캄한 일이었다.
게다가 맹구범이란 자도
이미 두 사람 사이가
일가붙이는 아니란 것을
눈치채고 있다는 듯 믿고 나오는 데는
달리 둘러댈 재간도 없었다.

166

그렇다고 작은 한 몸을 겨냥하여
풍찬노숙으로 천릿길을 한사하고 달려온 정랑을
외방으로 내쫓으란 말은 할 수 없잖은가?

저는 맹 행수만
믿습니다.

....

달리 방도가
없을까요?

글쎄요.

이렇게 하면
어떻게 하겠습니까?

어떻게요?

이번 일은 시생이 아씨마님과
저만 알고 조명나지 않도록
만사를 잡도리할 것이오니

그 사람은 시생의
수하에 두고 전방의
일을 보게 하시면….

잠시만 기다려
주십시오.

....

조소사가 안방으로 건너가더니
향낭 하나를 가지고 왔다.

아니?
아씨마님,
왜 이러십니까?

겸사를 마시고
받아주십시오.

향낭을 챙겨 탑골 작은마님 댁을 나서는
맹구범은 회심의 미소를 지었다.

용잠, 매죽잠, 삼노리개… 등,
금어치로 따져 기백 낭은
실히 될 패물들이군.

이거야말로
꿩 먹고
알 먹고
털 뽑아
부채 만들길세!

연놈들 사이에 잘만 처신하면
신석주의 알짜배기 재산을
야금야금 빼돌리기엔
별 어려움이 없다.

그래!

그러자면
봉삼이란 놈을
내 수하에
박아둬야 한다.

길소개란 놈은
뱃속이 우렁이 속
같은 놈이라
오히려 내 손아귀를
벗어나지 못할 것이니
만사는 내 뜻대로
굴러가게 된다.

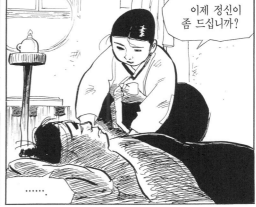

이제 정신이
좀 드십니까?

......

나는 형수님께서
지금쯤 맹가와
구매혼이라도 하시어
신접살림 재미로
깨가 쏟아질 줄
알았는데….

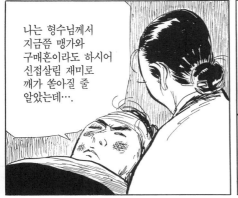

......

그때나 지금이나
궁기는 여전하신 것
같습니다.

169

저는…, 애시당초 그 사람의 내자가 되기를 바란 것은 아닙니다.

그러시다면

이따위 침모에 물어미에 반빗아치 노릇이나 하고자 맹가를 따라나선 것이란 말입니까?

무자리 천출인 백정의 딸로 이만하면 더 바랄 게 없지요.

……

이 집이 형수님의 상전이었던 조소사를 첩실로 거느린 신석주의 입전 행랑이오?

예.

저도 이 행랑에 와서야 처음 알았습니다.

그럼 조소사를 만나보셨겠구려.

탑골이란 곳에 살고 있다는 소문을 듣고 삭신이 오그라들듯 놀랐습니다만 찾아뵙진 않았습니다.

왜요?

170

옛 상전을 만나면
속전이라도
내놓으랄까봐서요?

……。

내 행실에
얼마나
화가 나셨으면
비아냥거림이
이토록
심하실까?

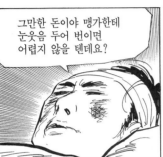

그만한 돈이야 맹가한테
눈웃음 두어 번이면
어렵지 않을 텐데요?

……。

어흠 어흠.

좀 어떤가?

좀전에야 겨우
눈을 떴습니다.

날 알아
보겠는가?

내 눈은
아직
말짱하니까.

이 사람아,

형수를
만나러
왔으면

단도직입으로
나를
찾아왔어야지.

쑥맥도 아닌 사람이
난전을 벌여
이게 무슨 곡경인가?

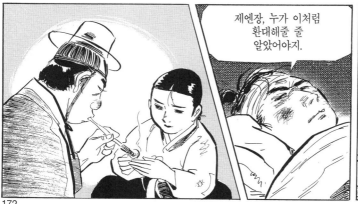

제엔장, 누가 이처럼
환대해줄 줄
알았어야지.

어쨌거나 자넬
형조로
넘기려던 마음을
고쳐먹었네.

자네가 우리 전방에 남아서 시전 물리라도 익히겠다면 내 뒷배를 봐줄 수도 있네.

고맙소. 고양이가 쥐를 다 생각해주고.

쥐든 고양이든 자네 좋을 대로 생각하게. 솔직히 말하면 나는

자넬 전주에서 처음 만났을 때부터 자네의 그 기백과 뱃심에 반한 사람일세.

또… 자네와 동사하던 자네 형수되는 사람을 달고나온 내 불찰에 대한 갚음도 해주고 싶고.

……

좋다!

어차피 던져진 윷이라 네 놈이 모를 낼지 내가 모를 낼지는 두고 보자.

봉삼은 잔금이의 극진한 구완 덕분에 사나흘 못 가 신기를 되찾았다.

맹구범이 길소개를 찾아간 것은
봉삼이가 거의 완쾌되었을 무렵이다.

무슨 좋은 방도라도
생겼소, 맹 행수?

잠시
밖으로 나가서
얘기하지요.

송만치란 놈은
어찌 되었습니까?

어제께
가봤는데
굴신도
못 하고 누워
있습디다.

만치 대신에 그놈의
수하 졸개들을
거느릴 만한 위인을
찾아냈소이다.

지략은 물론
완력이나 배짱도
만치와는 비교할 바
아니지요.

누굽니까?

일간 만나게
될 것입니다만 문제는
만치 그놈입니다.

그러게
말입니다.

굴신도 못하는 놈인데도
그놈이 배를 타지 않는 한
졸개들도 배를 탈 수
없다고 버티니,

조운선을 띄우자면
한 가지 방법밖에
없소이다.

어떤? 잠시 귀를 빌립시다.

옛?

길 생원님께서
그 일만 해내시면
조운선을 띄우는 데는
하등의 차질이 없을 겁니다.

그랬다가 일이
잘못되는 날엔
시생은 그 아수라
같은 졸개들한테
즉살당하고
말 게요.

우린 동사간입니다.
자루 벌린 놈이나,
퍼넣은 놈이나
한통속 아닙니까.

아니 할 말로
생원께서 잘못되어
형조로 끌려가시면
나라고 무사하겠소?
결단을 내리시오.

…….

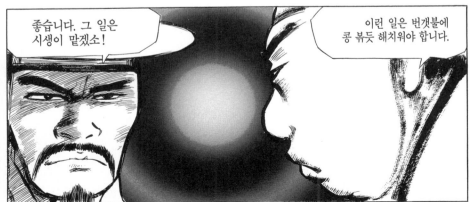좋습니다. 그 일은
시생이 맡겠소!

이런 일은 번갯불에
콩 볶듯 해치워야 합니다.

맹구범과 헤어진 길소개는 피롱을 뒤져 행상질할 때 입었던 긴 저고리와
옹구바지에 패랭이를 갖추어 행세를 달리하고 집을 나섰다.

인정 치기 전에
숭례문을 벗어나
곧장 수리재를 넘었다.
살곶이를 거쳐
뚝도나루에 당도하니
이경 초가 되었다.

......

근 한 식경이나 나루터를 잠행한 끝에
주낙배 한 척을 훔쳤다.

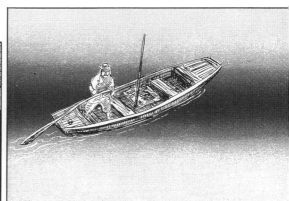

강을 건너서 삼전도 도선목을 한참 벗어난 뒤 갈밭 속에 배를 숨겼다.

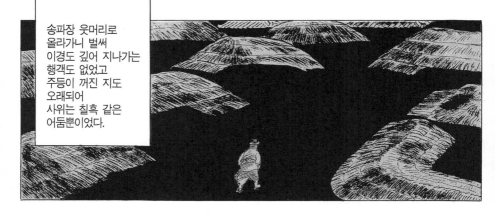

송파장 웃머리로
올라가니 벌써
이경도 깊어 지나가는
행객도 없었고
주등이 꺼진 지도
오래되어
사위는 칠흑 같은
어둠뿐이었다.

그러나 아무리 칠흑 같은 어둠이라도
어저께 문병을 왔던 터라 만치가 늘어져 누운
봉노를 찾는 데는 별 어려움이 없었다.

문설주에 귀를 기울이니 가래 섞인 밭은
숨소리 하나뿐으로, 다른 인기척은 없었다.

……!

길소개가 문을 열고 들어서자
만치가 인기척을 느꼈던지
숨소리를 멈추었다.

…….

그러나 운신을 못하는 주제에 목까지 다쳤으니
말도 못한다.

길소개는 등잔에 불을 당겼다.

......?

......?

그리고 변복으로 입고 온 긴 저고리를 벗었다.

그제서야 화들짝 놀라는 만치의 얼굴을
저고리로 덮었다.

179

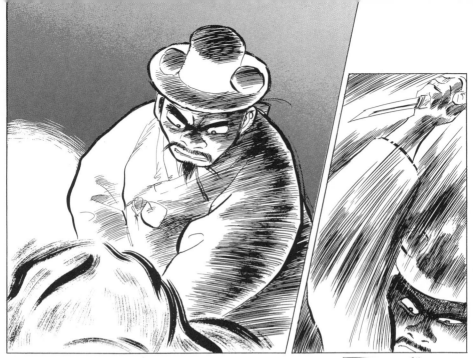

만치의 얼굴을 덮은
저고리 안섶에는 조(趙)라는
글씨가 자수되어 있었다.

그 저고리는 길소개가
조성준과 이용익과 헤어질 때
우의를 다짐하면서 바꿔 입었던
조성준의 저고리였다.

181

송만치가 참살당하고 사흘째 되던 날
식전 참에 만치의 졸개인 모재비와 달추가
길소개를 찾아왔다.

또 무슨 주먹다짐을
하였길래 새벽같이
한다리로들 달려왔나?

만치 성님께서…,

그만…,

식은 방귀를 뀌고
말았습니다요.

뭐야?

만치가 죽어?

내가 문병갔을 때만 해도
개 마리나 잡아먹이면
금방 차고 일어날
처지가
아니었나?

어느 다구진 놈이
성님 목에다
칼침을 놨습니다요.

칼침?

182

어떤 놈이 칼침을 놔?

그거야 쉰네들이 어찌 알겠습니까만,

광주부에서 나온 형방 비장이 저고리 섶에 자수된 글자를 보더니

조성준이란 자의 소행으로 단정하더랍쇼.

조성준?

그놈이 누군데?

한때는 송파의 쇠살쭈였는데

그 자가 만치 성님에게 계집을 빼앗긴 설분을 한 것이라고 합디다요.

……!

조성준이 소문대로 척살되었다면 그것으로 그만이고 만에 하나 살아 있다고 해도 이제는 영낙없이 포졸에 쫓기는 신세가 될 것이니 나는 더이상 그놈의 망령에 시달릴 것이 없다.

나으리, 쇤네들은 이제 어찌해야 합니까요?

뭘 어찌해?

배를 탈 수 없습니까요?

쯧쯧쯧...

송만치와 함께가 아니면 배를 타지 않겠다던 자네들이니 만치가 죽고 없는 마당에야 배 타기는 영영 글러버린 것 아니냐.

그거야 만치 성님이 살았을 때 지킨 의리굽쇼.

이젠 죽고 없으니 배를 탈 수 있다는 게냐?

예!

이런, 개차반 같은 것들!

만치가 있어도 간대로 놀아나는 네 놈들을 누가 감당해?

아, 아닙니다요, 나으리! 어떤 분이 쇤네들의 행수가 되신다 해도 쇤네들은 고분고분 명을 따르겠습니다요.

제발 쉰네들을
거두어주십시오.

……

예, 나으리!

정녕… 어떤 사람이
너희들의 행수가 되어도
군말 없이 따르겠나?

감히 나으리께
한 입으로 두 말을
올리겠습니까요.

그렇다면 내일 해거름에
내가 자네들의 행수가
될 사람을 데리고 가지.

고맙습니다요,
나으리.

궐놈들을 돌려보낸 길소개는
맹구범을 찾아갔다.

문제는….

송파에 갔던 일은
잘 처결됐다지요?

잘되다 뿐입니까.
오늘 아침에
두 놈이 세곡선단에
끼워달라고 손이야
발이야 애걸하고
갔습니다만….

시생이 조발한 사람이 과연 그놈들의
행수로서 그놈들을 영솔할 만한
인물이냐이지요.

그렇소!

185

들어오시게.

인사 올리게.

세곡선단의
행수 선인이신
길 생원님이시네.

시생 천송도라
합니다.

이놈 봐라!

상것 주제에 양반한테
초인사하는 꼴이
겨우 고개만 꾸벅여!

전사에야 어떻든 지금에 와서는 명색이 북촌 문객인 길소개의 처지로서는
이런 따위의 상고배나 마주한다는 것이 체신 깎이는 터지만
맹구범이 총대 선인으로 추천한 위인이니
대중없이 면박줄 수는 없어 치미는 부아를 지그시 누른다.

허우대만
멀쩡해
가지고….

힘상궂고 뻑신
송만치도 다루기
버겁던 놈들을
이런 위인이
다룰 수 있겠나?

어험,
어험.

하나같이 막돼먹은 왈짜들이라 처음부터 허술히 보여서는 아니될 게야.

그놈들이 내 앞에서야 굽실굽실하는 터이지만

……

내일 아침에 내 집으로 오게. 해거름에 가기로 약조를 했으니까.

제 놈들 행수가 어떤 위인인지 되게 궁금할 것이구만.

그럴 것 없습니다.

시생이 곧바로 송파로 가겠습니다.

혼자서!

어차피 내 수하에
들어야 될 놈들이라면
생원님께서 군이
동행하실 것
없지 않겠습니까?

그래도
되겠는가?

그놈들을 초다듬이로
잡도리하지 못한다면
행수고 뭐고
다 파이되는 일이
아닙니까?

그건 그렇다.

……!

이튿날 송파 저잣거리에 있는
쇠전머리 객점에는
아침부터 저자와 나루에
흩어져 있던 왈짜들이
저들의 새 행수가 될 어른이
온다는 소문을 듣고
하나 둘씩 모여들었다.
주막에서 술방구리를
헌납받아 오는 놈,
객점 주인을 윽박질러
도야지 편육을
싸가지고 오는 놈,
남의 집 닭 모가지를
비틀어 오는 놈 등등…
저들 나름대로는
예를 갖춘답시고
저녁 무렵에는
삼사십 명이나 되는
왈짜들이 모여
법석을 떨었다.

더 어두워지기 전에
불을 밝히지!

그랴! 행수님 오시는데
화적떼 소굴처럼
어두워서야 쓰겠냐.

어이,
모재비!

행수님이
틀림없이
오시는 게지?

생원님이 우리한테
헛 약속하셨겠나?

생원님이 함께 오시기로 했다네.

너무 늦잖아.

배 고프고,

술도 고프고.

우리 행수가 되실 분이 누구시래?

글쎄.

우리도 아직 못 뵈었다네.

만치 성님만 할라나?

등치나 힘은 이 사람만할 것이구,

성깔이야 겪어봐야 알겠지만 허우대는 짐작할 수 있지.

어떻게?

192

수염은 자네같이 푸짐해서 보기에도 믿음직할 게야.

허!

범의 눈이라 정기가 뚝뚝 흐를 것인데,

딱 한 가지 흠은

대머리에 뻐드렁니가 상판대기를 영 잡쳐 놨을 게야.

뻑

맞다. 코는 네 놈 같은 딸기코구!

이봐.

너…,

어디서 굴러온
개 뼈다귄데,

거기가 어느 자리라고
앉아?

개 뼈다귀가
닭 뼈다귀 물었구나.

낄낄낄

내가 잘못
찾아왔나?

잘못 찾긴.

그 어른이 바로
개 백정이시네.

자네들… 송만치의
수하 졸개들이 아닌가?

퉄

왜? 네 놈이 만치 성님
하초가 성했을 때
비역질 동무쯤이라도
되었더냐?

199

이놈!

얼래?

네가 시방 나하고
팔힘 겨루기
하자는 게냐?

팔목 부러지고 싶지 않거든
힘을 써봐라, 이놈!

그으래!

이 손에 네 놈 목이
비틀어지는지…
내 손목이 부러지는지
보자.

어디.

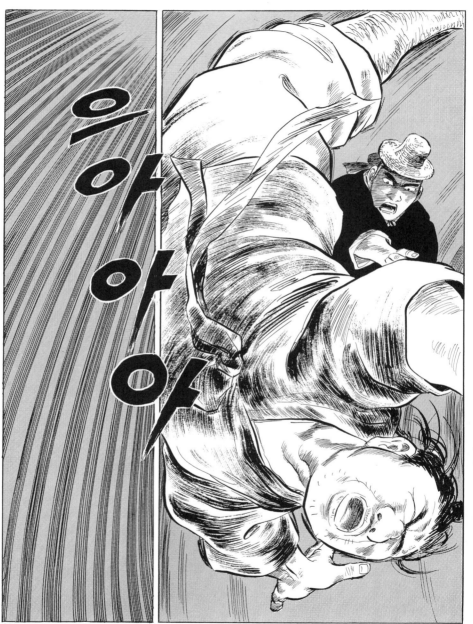

이놈, 네 이름이
무엇이냐?

꺼르륵!
꺼르륵!

뻑쇠라고
합니다요.

안돈시키고
잘 구완해주어라.

잠시 혼절시킨 것뿐이지만
세곡선을 타는 데는
지장이 없도록….

이 깍짓동을 개구리
패대기치듯 하다니.

단신으로 뛰어든 봉삼이가 왈짜들 중에서 뚝심이 제일간다는 뻑쇠를 초다듬이로 찍어 눌렀으니
완력으로는 패거리들을 제압한 셈이다.

초면이라 미처 행수님을
알아뵙지 못했으니
쇤네들 불찰입니다만,

길 생원님과 함께
오시는 줄로만
알고 있었습니다요.

길 생원님께선 워낙
소관사가 바쁘신 터라
나 혼자 왔다.

행수님,
어서 상좌에
오르십시오.

쇤네들이 인사
올리겠습니다요.

술판이 벌어졌다. 왈짜들은 새로 모시게 된 행수의 주량도 가늠해볼 겸 현신한답시고 한 놈씩 술잔을 올렸다.

소인 막수라고 합니다요.

반갑다.

봉삼은 두꺼비 파리 삼키듯 잔을 올리는 대로 마시고 마시는 대로 되돌려주었다.

저는 판개라 합지요.

앞으로 잘해보자.

모재비라 합니다요.

쇤네는 달추이굽쇼.

가만 있자… 이놈들은 만치와 싸웠을 때 그 졸개들 아니냐!

208

날 기억하고 있는
눈치는 아닌데….

모재비와 달추도 봉삼을 어디서 본 듯하다고 생각했으나
며칠 상관에 보부상 나부랭이가 저들의 행수로
둔갑할 수는 없는 일이라 고개만 갸우뚱하다가 그만두었다.

행수님 주량은 끝간 데를
모르겠습니다요.

오늘 같은 날 아니 마시고
언제 마시겠나?

행수님 생김새가
하도 미장부라
어디서 굴러온
기생오래빈가 했더니

완력도 주량도…
꺽지기도 만치 성님과는
영 딴판이군.

※꺽지다 : 억세고 용감하고 과단성이 있다.

그랴!

우리가 행수님을
만나기는 잘 만난 것
같으네.

너나할것없이 취기가 도도해졌을 때
문득 봉삼이 목소리를 가다듬었다.

어험!
어험!

209

그러자 염량 빠른 모재비가 발딱 일어섰다.

쉬이, 조용히들 하라구!

행수님께서 한 말씀 계신다.

......

거두절미하고

이제부터 내가 하는 말에 이의가 있거나 뱃이 틀리는 사람이 있으면 당장 이 자리를 떠나도 좋다.

술청 안은 일시에 긴장이 돌았다.

이제 너희들이
내 수하에
들기로 했고,
나 또한
너희들의
행수가 된 만큼
생사고락을
같이 해야 한다.

따라서 너희들이 지켜야 할
세 가지를 말하겠다.

첫째…
이 순간부터는
나 아닌 어떤 놈이
너희들을
사주한다 하여
간대로 놀지 말 것.

둘째… 동배간에
서로 다투지 말 것.

셋째… 앞으로는 저자로 떠다니며 무고한 사람들에게 행티를 놓거나 진대를 부려 남의 물건을 취탈하지 말 것.

만약… 이 세 가지를 어기는 자가 있으면 가차없이 난장으로 다스릴 것이다.

…… …….

행수님 말씀은 백 번 옳습니다만… 쇤네가 한 말씀 올려도 될까요?

할 말이 있으면 무슨 말이든 해보아라.

쇤네들은 애시당초 사람답게 살 수가 없는 놈들입니다요.

행상이라도 나가자니

지닌 것이라고는 고린전은 고사하고 짚신 한 짝도 변변치 않습지요.

……

농투성이로 살자 해도 똥눌 자리만한 따비밭이 있습니까…

그러니 어쩝니까?

입에 거미줄칠 수는 없고… 천상 목숨을 부지하자니 창가의 조방꾼으로 용채나 얻고

……

잠상하는 모리배나 상인배들을 등치고 배 문질러

고린전이나 뜯어 연명하는 도리밖에 없습니다요.

그렇습니다요. 쉰네들이 어디 여염이나 좌고상들을 괴롭히고 싶어서 괴롭히겠습니까요.

목구멍이 포도청이니 자연 남에게 진대를 부릴 수밖에 없습니다요.

너희들이 진정으로 나를 믿고 나를 따른다면 내게 생각이 없는 바가 아니다.

이번 삼남 뱃길 한 행보만 무사히 치르고 나면 너희들에게 돌아가는 대가와 삯전이 수월치 않을 것이다.

그 돈을 투전과 계집질로 날리지 말고

서로 추렴해서 동계(洞契)를 만들어…,

…… …… ……

먼저 마방을 짓고

인근의 농의소를 사서 공동으로 쇠전을 연다.

214

다소간의 이문을 남기면서
다락원이나 의주의
쇠전꾼들에게 넘기다보면
장차는 송파의 쇠전을
휘어잡을 것이다.

혼자서는 꿈도 못 꿀 버거운 일이나
너희들이 한결같이 단결만 한다면
반드시 이룰 수 있는 일이다.

그러기 위해서는
그 전에 내가 말한
세 가지부터 지켜야 한다.

어떠냐?
나를 믿고
나를 따르겠으면

각자
앞에 놓인 술잔에
술을 가득 부어
마시는 거다.

우리 행수님,
힘 좋고 술만
잘 하시는 줄
알았더니

구변도
청산유수네!

잠깐!

소인도 한 말씀
올려야겠습니다요.

뻑쇠! 이 사람…
다 죽어가는 꼴이더니
그새 일어났네.

역시 덩치값을
하는구나.

술 때문이지뭐

나는…

잔이 아니라
동이째 마시고 싶다,
이겁니다.

마셔라!

고맙습니다요.

만약

약고개에 환갑 나이인
한 무녀가 살고 있었다.

혼자 살림에 포실하게 살아가는 늙은 무녀는 가근방에선 숙무(熟巫)로 호가 난 터라
큰 굿이 있을 때마다 노들의 풍류방에 불려다니곤 했었는데….

이 늙은 무녀가 신딸을 얻게 된 것은
지난 정월 초순께였다.

늙은 무녀가 굿판에서 돌아와보니
행색이 남루한 웬 여인 하나가
신당 앞에 혼절한 채 쓰러져 있었던 것이다.

에그머닛!
뉘기여?

늙은 무녀의 정성스런 구완으로
궐녀는 신기를 되찾았는데

이상한 것은 무엇을 물어도
전연 대꾸가 없는 것이었다.

타고난
벙어린겨?

......

더욱 이상한 것은 머리에 쓴 수건을
막무가내로 벗으려 하지 않는 것이었다.

왜?

머리에 종기라도
난겨?

......

이튿날 새벽에 궐녀는 온다간다 인사도 없이 가버렸다.

별 해괴한
계집도
다 보겠네.

궐녀가 불쑥 찾아온 것은
그로부터 사흘이 지나서인데

시키지도 않는 일을 자진해서 거들고

빨래며 설거지를 깔끔하게 해놓고는….

역시 대꾸 한 마디 없이 훌쩍 가버렸다.

……

그까짓 일로
무얼 미안해서
그러남.

그 뒤로도 궐녀는 하루 건너 한 번씩 찾아와
집 안팎을 쓸고 닦고 음식 수발까지 해주고는
가는 것이었다.

나는 도무지
아낙의 속내를
모르겠네.

……

늙은 무녀는 괴이하다 생각하였으나
계집이 워낙 진중하고 손끝이 맵고 짠지라
마냥 고맙게만 생각하였다.

그뒤 한 열흘간 발걸음을 뚝 끊어
몹시 궁금해하고 있던 차,
하루는 상노 아이가
봉서 한 통을 들고 왔다.

나한테
전해주라고?

야!

뜯어보니 궐녀가 보낸 언문 편지였다.
사연이 좀 와달라는 간곡한 소청인지라
무녀는 방자인 상노 아이를 따라
궐녀의 처소로 가보았다.

무슨 일일까?

고개 아래 숯막의 협방에 다 죽어가게 된 궐녀가
식음을 전폐하고 몸져누워 있었다.

아니?

이게 어찌 된
일인가?

죄송합니다.
버르장머리 없이 아지마씨를
오시라고 해서….

말문을 열었네!

저는 벙어리가
아닙니다.

222

머리에 종기가
난 것도 아니구요.

권녀는 맹구범에게 다리짐을 몽땅 적탈당하고
숫막에 밀린 식채를 갚기 위해 스스로 머리를 잘랐던 매월이었다.

말해봐. 여인네가 생명처럼
귀한 머리를 잘랐을 때는
그만한 곡절이 있을 게
아닌가?

타고난 팔자가
워낙에 기박했음인지
초례 치른 지 3년도 못 되어
상부를 했었지요.

쯧쯧!

말씀드리기 부끄럽습니다만,
홀몸이 된 지 다섯 해가 지난
지난해 이맘 때쯤부터
저한테 이상한 일이 자꾸….

이상한
일이라니?
어떻게?

이때까지 감기 한번
앓아본 적이 없는 몸인데

223

갑자기 신열이
펄펄 나면서 온 육신이
찢어지듯 아프다가

누가 보면
꾀병처럼
말짱해지데요.

처음에는 그저
그러다 말려니
했었는데

나중에는 무엇에 홀린 것처럼
저는 저도 모르게 집을
뛰쳐나가기 시작했지요.

......

문득
정신을 차리고 보면
어느 때는 산속이고

또 어느 때는 강물에
들어가 있기도 하고요.

추위도
잊은 채

실오라기 하나
걸치지 않은 알몸으로
눈 위를 뒹굴기도
했었구요.

......!

생각다 못해 지난 동짓달에
제 손으로 제 머리를
잘라버렸지요.

그렇게라도 하면
집 밖으로 나가지
않을 줄 알고?

예.

그렇지만 다 소용없는
일이었습니다.
미친 과부년이라고
소문만 점점 더 나고…,

할 수 없이 고향을
등지고 말았지요.

발걸음 내키는 대로 떠돌다가
그 날도 누구한테 떠밀리기라도
한 것처럼 저도 모르게
아지마씨 댁에 쓰러져
있었던 것인데,

이상한 것은 아지마씨 댁에
일을 해주고 오면 몸과 마음이
그렇게 편할 수가 없어요.

…….

그렇지만 더이상 뭉그적거리기도
뭣 하고 해서 떠나야겠다고 생각했는데
그날밤 꿈에 나타난
허연 수염의 노인한테 매를 맞고는
그만 몸져 눕게 된 것입니다.

꿈이라니?
좀 자세히 말해보게.

백발노인이 다짜고짜
들고 있던 지팡이로
저를 마구 팼어요.

그래서?

네 육신과 마음을
의탁할 곳을
그로써
찾았음인데…,

가기는 어디로
가려느냐면서

꼭 생시에 얻어맞은 것처럼
온 삭신이 쑤시고 아파서
할 수 없이 아지마씨를
뵙자고 한 것입니다.

길몽일세!

예?

신이 내렸어!

너는 내 뒤를 이어 무업으로
살아가야 될 팔자란 말이다.

에구머니! 제가요?

226

늙은 무녀는
매월이를 집으로 데리고 가
내림굿을 해주고
신딸로 삼았다.
그러나 이 모든 것이
하루 세 끼 밥을 구처하는 일도
지난했던 매월이가
처음부터 늙은 무녀를
겨냥하고 부린 술수였다.
그렇긴 해도 늙은 무녀 역시
난데서 찾아든 계집치고는
살림 두량이 알뜰하고
붙임성 좋은 매월이를 달고
사는 것을 후회하지는 않았다.

그로부터 두어 달이 지나 서강 갯나루에서
신사(神祀)가 있다 하여
신굿어미는 당구(堂具)를 챙겼다.

용왕님의 보은을
비는 풍신제
(風神祭)가 있다.

노들에서 도당학습(굿)이
있습니까?

삼남으로 가는
조운선인데…,

대주는
누구신데요?

시전의 공주인이신
신석주 나으리다.

내로라 하는 만신들이
다 모이겠네요.

그래.

네가 가고 싶어서
그러는 모양이지만

집을 비우면
신벌이 내릴 테니
너는 집을
비우지 말아라.

어머니도 참!

이 머리로 어디를
가겠습니까요.

공주인 신석주는 조소사를 첩실로 맞이한 이후
되사람 잠상들에게 당약을 가져다 양기를 보하고
일신의 기력이 양도에 모이도록
별반 조처를 다하였으나
늙어서 한번 빠져 달아난 양기는
되돌아오지 않았다.

228

이미 마른 풀에 비를 적신들 풀이 되살아날 리 만무요,
죽은 재에 불이 붙을 리 없었다.

달빛이 좋으니
춤을 추어보임이
어떻겠느냐?

밤이면 그저 조소사에게
속곳도 없는 속치마 바람으로
춤을 추게 하고는
고즈넉이 바라만 보는 것으로
자신을 달랬으며…

……

슬하에 피붙이 하나 없음에
초조하고 포원이 졌으나
월궁선녀에 비견할 만한 조소사가
행여 군서방이라도 볼까 하여
전전긍긍이었다.

궐녀는 밤마다 그런 춤을 추었다.
생각하면 그것이 줄곧 괴로운 일만은 아니었다.
몸뚱이 속속들이 배어 있는 정욕을 춤으로 풀어내지 않는다면
벌써 궐녀는 심질을 얻고 말았을지도 몰랐다.
정욕의 꽃인 듯 궐녀의 살갗에 송송하니 땀이 배어났다.

불각시에 무슨
말씀입니까?
소첩이 언제 그런
불미스런 거동을
보인 적이 있습니까?

너… 혹시
외롭지 않으냐?

사람의 욕정이란
누르지 않고
제멋대로 두면 종기처럼
더욱 성하는 법이다.

궐녀는 가슴이 철렁했다.
행여 천봉삼이가
종루 행랑에 와 있는 것에
연유한 으름장이 아닌가 해서
속으로는 뼈마디가
오그라드는 듯했으나
애써 태연한 척했다.

그간에 나 없는 새에
맹구범이란 놈이
두어 번 다녀간 적이
있다던데?

초풍을 하겠습니다.
그분이 상전의 집을
다녀간 것이
무엇이 해괴하다고
그러시는지요?

그놈은 연골일 때부터
내 수하에 두고 가르쳐서
상리에 밝고
수하 것들을 휘동하는
솜씨가 남다르지만

내가 딱 한 가지 짐작할 수가 없는 것은 그놈의 속 깊은 연충에 숨어 있는 본색이란 것이다.

......

내 바른대로 말한다면 혹 나 없는 사이에 그놈이 무슨 다리품이나 놓고 다닌 것이 아닌가 해서 그랬느니라.

......

......

너… 울고 있구나.

나으리께서 소첩의 심기를 떠보시는 것이 서러워 그럽니다.

어허, 내가 널 무턱대고 닦달만 한 것 같구나.

그 대신 내가 좋은 구경을 시켜주지.

예에?

내일 해거름 때 나와 함께 서강으로 가보자.

금색을 친 변두리에는
배를 타고
삼남으로 갈 선인들이
늘어져 앉았고,
뒷켠에는 구경 나온
아녀자와 남정네들이
촘촘히 앉아 있었다.

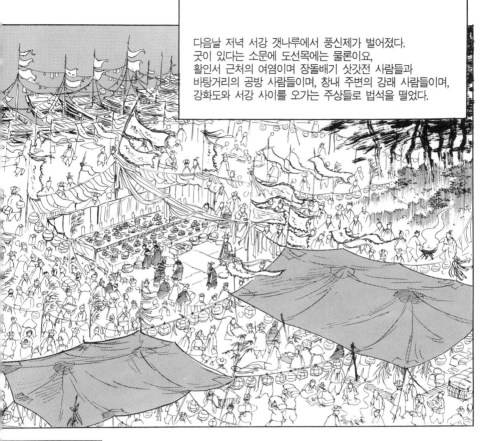

다음날 저녁 서강 갯나루에서 풍신제가 벌어졌다.
굿이 있다는 소문에 도선목에는 물론이요,
활인서 근처의 여염이며 장돌배기 삿갓전 사람들과
바탕거리의 공방 사람들이며, 창내 주변의 강래 사람들이며,
강화도와 서강 사이를 오가는 주상들로 법석을 떨었다.

굿판 주변에는 구경꾼들을 겨냥하여 목판이나 함지박에
떡과 실과며 탁배기나 엿을 파는 행상들이 야시(夜市)를 이루었다.

233

아따 거… 어서 시작 않고
무얼 꾸물거리누?

고수는 북을 매기구
초당풀이부터 들어가지 그래.

아직 굿주인이
당도하지 않은
모양이구먼….

저 배들이 모두
삼남으로 가는
세곡선이라며?

삼백 석을 실을 수 있는
대선이 열 척이고, 백 석짜리
중선도 열 척이라누먼.

칠팔십 석짜리
종선도 다섯 척이
딸려 있어.

굿주인이 누군지 젯상도 걸판지네!

이런 옹춘마니 같은 사람!

봄에 깐 병아리 가을에 와서 헨다더니 굿주가 누군지도 모르고 굿구경 왔어?

누군데?

시전의 도행수 격인 신석주라네.

그럼 그분이 와야 굿판이 시작되겠군.

235

저 여자는
누구지?

신석주의
애첩이라네.

칠순이 된 주제에
옥골의 방년을
첩실로 들인 것을 보면
저 나이에 아직도
그게 되나보지?

장가 처는
어따 팔아먹고
첩실을 계주로
데리고 왔네.

손때 먹이는
첩이니
그럴 만도
하겠지.

어떠냐?
볼 만하냐?

소첩은
이런 구경
처음이옵니다.

언년이는 아씨 뫼시고
구경 잘 시켜드려라.

예,
나으리!

나으리, 이쪽으로
납시지요.

…….

굿주인 신석주가 참신을 드리는 것으로 굿은 시작되었다.

237

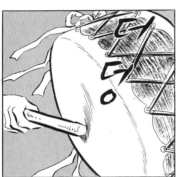

잽이들이 허허둥둥 영산회상(靈山會上) 느린 곡을 잡자
늙은 만신의 진쇠춤이 사위를 잡았다.

어느덧 보름달이 중천에 떠오르고 굿판은 무르익어갔다.
굿발을 받은 만신의 표정이 요기를 띠며
굿주인 신석주를 내려다보며 사설을 풀었다.

명산대천 떠돌이 혼령이
이내 몸에 내려왔네.
전생의 정리로
이내 몸에 내려왔네.

절
렁

절
렁

자던 잠을 이룬 듯이
졸던 잠을 깨운 듯이
이 정성 다했으니

동네방성 수비야,
많이 먹고
물러가라.

뜬 상문 수비야,
너도 먹고
물러가라.

자결 영산아, 수산 영산아.
진 것은 먹고 가고
마른 것은 싸서 가고
원 풀고 한 풀어서
좋은 데로 가소서.

......

......

엇쇠 잡신아,
물러가라.

동토신아,
물러가라.

물 위 사공,
물 아래 사공,
삼사월 전세대동
살려갈 제
일천 석 대중선
짝지어갈 제

오강성황지신
남해용황지신께
합장하여 고사할 제
전라도라 경상도라
동해바다 나주바다
휘이휘이 감아돌 제

평반(平盤)에 물 담은 듯이
연잎에 물 뜬 듯이
젯상에 떡 괸 듯이

만리창파에
갈 듯이 돌아오게
고스리 고스리
소망 일게 하소서.

산도적은
성황님이 잡아가고
수적이란 놈은
용왕님이 잡아가사

일천 석 실은 배가
갈 듯이 돌아오게
하옵시오.

이미 공수가 내려
접신통령(接神通靈)의 지경에
이른 만신이 너풀너풀 춤을 추면서
선단쪽으로 가자 굿주인 신석주도
따르지 않을 도리가 없다.

휘이이

휘이이

굿주와 선인들과 구경꾼들이 서로
만신의 뒤를 따르느라고 굿판은 어수선하였다.

아씨마님,
어서 가요.

…….

이제부터가
볼 만하다구요.

그… 그럴까.

아씨마님!

…….

이거….

……?

그 물건을 주신 분이 시방
저 위 미루나무 숲에서
기다리십니다요.

산호비녀였다.

이송천 나루에서
궐녀가 천봉삼에게 주었던 그 산호비녀였고,
전해준 사내는 삑쇠였다.

그이가…!
그이가…!

아씨마님!

너 여기서 기다려라.

어디
가시려구요?

나으리께서
나를 찾으시거든
잠시 길이 엇갈린 척
소리쳐 나를 찾거라.

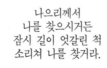

……

언년이에게 당조짐을
하는 둥 마는 둥
궐녀는 갯벌 위쪽으로
뛰었다.
위쪽은 횃불 빛이
미치지 않았다.
사공막을 지나니
곧장 미루나무 숲이
시야를 가렸다.

그곳에 한 장한이 버티고 섰다가 문득 성큼성큼 걸어
마주 다가왔다. 그것은 궐녀가 몽매에도 그리던
정인(情人)임이 틀림없었다.

궐녀는 그때 눈앞이
아찔해오면서 심장이 멎는 듯
하초의 기력이 빠져 달아나는
것을 의식했다.

궐녀는 몇 걸음 더 걷지 못하고 그 자리에 자지러지고 말았는데…

아….

…….

낭자!

낭자!

나요.

천봉삼이오!

이제 정신이
좀 드오?

…….

궐녀는 대답 대신 와락 정랑의 넓은 가슴에
얼굴을 묻었다.

보고 싶었소.

저두요!

오랜 접문(接吻 : 입맞춤)이 계속되었다.
궐녀는 온 삭신이 일시에 녹아나는 듯 짜릿하였고,
가슴은 숯불을 당긴 듯 화끈거렸다.

낭자가 오늘밤
굿판에 나오리라곤
미처 생각지
못하였소.

저를 어찌
낭자라
부르십니까?

247

낭자가 신 대주의
정실이 되었든,
측실이 되었든

그것이 내게
무슨 상관이겠소.

내겐
낭자요.

간이 배 밖에
나온 놈이군.

저 또한
죽고 사는 것이
아무렇지도 않게
생각되기는 오늘이
처음입니다.

하기사 신석주가 사내 구실도
못하는 늙은 뼈다귀니
한창 피어나는 꽃 같은 계집이
제 몸 타 죽을 줄 모르고
불속으로 날아드는
부나비 꼴샌 것도
무리는 아니지!

잘들 해봐라.

너희들의 행사가
내 눈에 띄인 이상
너희들의 생사는
이제 나의 세 치 혀끝에
달렸다.

아니래도 젊은 애첩이
군서방이라도 볼까
전전긍긍인
늙은 뼈다귀가
이 사실을 알면
기절 낙담하겠지.

어쨌거나 칼자루는
내가 쥔 셈이니
그 뼈다귀 또한
내 손아귀에
들 수밖에 없으리라.

맹구범이 회심의 미소를 지으며 구경꾼들이 법석을 떠는 굿판으로 사라진 것을

두 사람은 알 리가 없다.

참, 낭자가
친정살이할 적에
낭자에게 배종 들던
잔금이 말입니다.

그 애가 어찌
됐습니까?

지금 입전 행랑에서
짐방들의 조석 수발이며
빨래품으로 연명하고
있습니다.

아니 잔금이가
어떻게요?

249

나와 동사하던 성님과
연분을 맺어
내 형수가 되었으나
팔자가 기박한 탓인지,

초례 치른 지
두 달을
못 넘기고
소년 과수가
되었지요.

그 아이가
어찌 행랑에까지
와 있게
되었습니까?

전주 읍내장에서
우연히 맹 행수와
맞닥뜨린 게지요.

그럼 두 사람이
서로 정분이 난
사이란 말씀입니까?

제 짐작이 틀리지 않는다면
맹 행수가 겁간을 하고
그것을 빌미로
달고 온 듯합니다만
한번 만나 보시지요.

은밀히 만나셔야
합니다. 맹 행수가
눈치채지 못하게.

그 위인은 시정의
켯속에 밝아
눈치 하나로
생원 급제까지
따낸
위인입니다.

벌써부터 우리 사이를
눈치채고 있을지도
모를 일입니다.

아씨마님!
아씨마님!

아씨마님!

조소사를 찾는 언년이의 다급한 목소리가
두 사람을 떼놓고 말았다.

형수님을
잘 부탁합니다.

부디 몸조심
하십시오.

연통하러 온 언년이를 앞세우고
굿판 어름으로 내려가니 신석주는 벌써
발행할 채비를 하고 있었다.

구경은
잘 했느냐?

예.

......

『객주』 제4권 끝

객주 4

초판 1쇄 발행 | 2001년 12월 16일
개정판 1쇄 발행 | 2015년 4월 10일
개정판 2쇄 발행 | 2015년 11월 20일

펴낸곳   바다출판사
발행인   김인호
주소   서울 마포구 어울마당로 5길 17 (서교동, 5층)
전화   322-3885(편집), 322-3575(통합마케팅부)
팩스   322-3858
E-mail   badabooks@daum.net
홈페이지   www.badabooks.co.kr
출판등록일   1996년 5월 8일
등록번호   제 10-1288호

ISBN 978-89-5561-724-5 04810
     978-89-5561-717-7 04810(세트)